LE FLOT DE
LA POESIE
CONTINUERA
DE COULER

唐诗之路

[法]勒克莱齐奥

董强

著

人民文学出版社

著作权合同登记号 图字 01-2020-7139

«LE FLOT DE LA POESIE CONTINUERA DE COULER» by J.M.G. Le Clézio & Qiang Dong
© Editions Philippe Rey, 2020
"This edition published by arrangement with Editions Philippe Rey in conjunction with its duly appointed agents Books And More #BAM, Paris, France and Divas International, Paris, France 巴黎迪法国际版权代理 All rights reserved."

图书在版编目（CIP）数据

唐诗之路／（法）勒克莱齐奥，董强著．—北京：人民文学出版社，2021（2022.3重印）
ISBN 978-7-02-015939-0

Ⅰ.①唐… Ⅱ.①勒…②董… Ⅲ.①唐诗—鉴赏 Ⅳ.①I207.227.42

中国版本图书馆CIP数据核字（2021）第206256号

责任编辑　黄凌霞
装帧设计　黄云香
责任印制　任　祎

出版发行　人民文学出版社
社　　址　北京市朝内大街166号
邮政编码　100705

印　　刷　三河市中晟雅豪印务有限公司
经　　销　全国新华书店等

字　　数　76千字
开　　本　890毫米×1290毫米　1/32
印　　张　5.875　插页26
印　　数　3001—6000
版　　次　2021年11月北京第1版
印　　次　2022年3月第2次印刷

书　　号　978-7-02-015939-0
定　　价　58.00元

如有印装质量问题，请与本社图书销售中心调换。电话：010－65233595

[清]华嵒（1682—1756），《山水册页》（十三），31.4 x 44.7 cm
华盛顿弗利尔美术馆（美）

[清]石涛（1642—1708），《山水册页》（一），27.6 x 21.6 cm
纽约大都会艺术博物馆（美）

［清］蒋骥（1714—1787），《洪陔华画像》，石涛补山水（局部）
纽约大都会艺术博物馆（美）

[清]金农(1687—1763),《牵马图轴》,49 x 80.2 cm
南京博物馆

［南宋］梁楷（1150—？），《李白行吟图》，81.2 x 30.4 cm
东京国立博物馆（日）

[明末清初] 王时敏（1592—1680），《杜甫诗意图册》（三），39 x 25.5 cm
北京故宫博物院

[清]金农（1687—1763），《墨戏图册》（九），31.5 x 26.3 cm
纽约大都会艺术博物馆（美）

[明]佚名，《官员座像》
私人收藏

[清]石涛（1642—1708），《云山图》，45.1 x 30.8 cm
北京故宫博物院

[元]王蒙(1308—1385),《太白山图》(局部),27 x 238 cm
辽宁省博物馆

[明]唐寅(1470—1524),《仕女图》(局部),150 × 463.6 cm
中国台北故宫博物院

［清］金农（1687—1763），《山水人物图册》（四，局部），24.3x 31.2 cm
北京故宫博物院

[清]石涛（1642—1708），《山水册页》（七），27.6 x 21.6 cm
纽约大都会艺术博物馆（美）

［清］金农（1687—1763），《山水人物图册》（七，局部），26.1 x 34.9 cm
上海博物馆

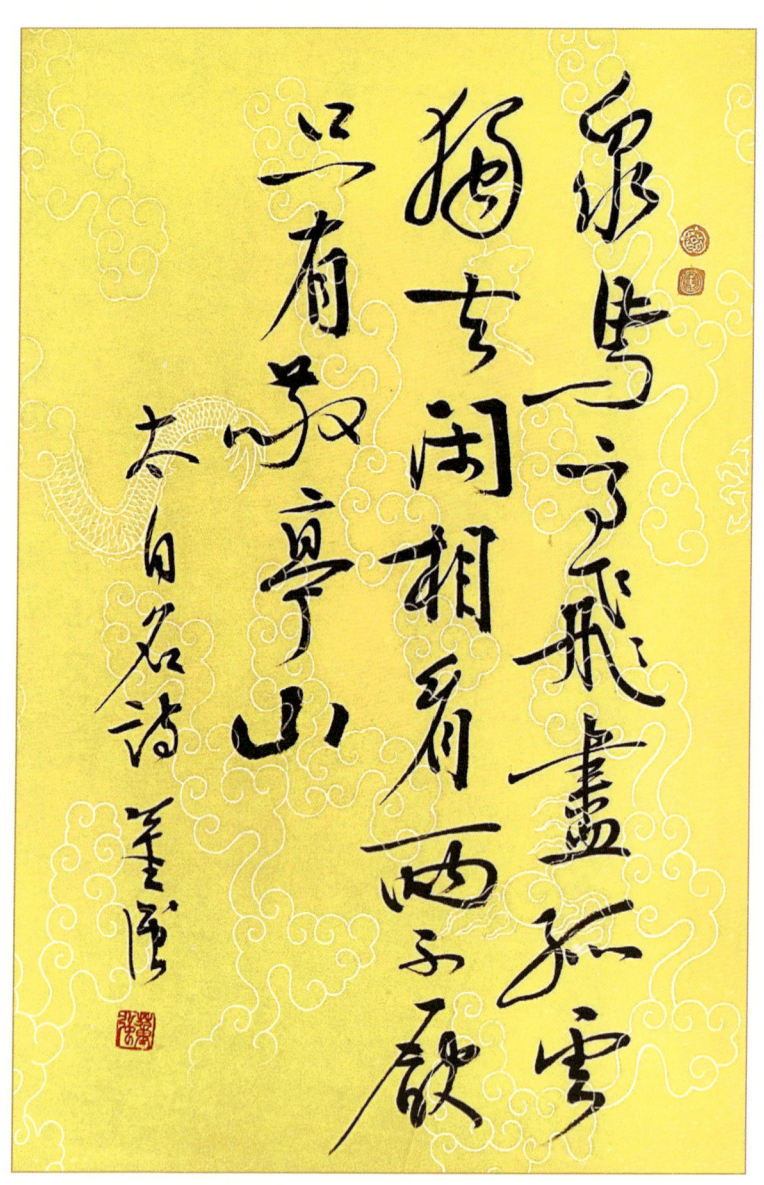

董强，李白《独坐敬亭山》

目　录

001　序　言／勒克莱齐奥

001　一场诗歌革命
007　冒险家李白
024　酒
031　安史之乱
037　战　争
041　爱
056　目　光
059　杜甫与李白的友谊
065　杜　甫
069　同　情
079　女　性
094　白居易
102　优　雅
108　李商隐
111　大自然

117　王　维
122　艺术，美，生活
128　天之涯

135　镜·塘／董强

序　言

　　进入唐诗世界，我几乎毫无准备，却也并非完全偶然。当时，我读了李白的《独坐敬亭山》，一个 1962 年的英文版本。诗中，有一个人静静地坐在那里，与一座山面对面交流。

　　我至今记得读到这首诗时的激动。那个时候，在西方世界，公众还没有像现在一样关注环境问题。高山属于风景，被认为是"崇高"的，引得不少勇敢之人去攀登。而李白却在诗中提到了一个显明的道理：山，是一个静穆、庄严、令人尊敬的场所（在"敬亭山"这个名字中，有"敬"字）。在山的面前，人——脆弱的、短暂的人——所能做的，就是坐下来，静静地看山。

　　欧洲文学中的诗歌实践（古希腊，古罗马，以及后来现代的罗曼或撒克逊语言的作家），让我们习惯了运动感，习惯于欲望和激情，情感往往转瞬即逝。相比之下，面对敬亭山而坐的李白带给我的，完全不同。我所受的教育，我学会的语言，对此尚不习惯：那是一种冲和，一种内心的平和。要想达到这种平和，并不困难。只需坐下来，默默看山。甚至不需要一座专门供人崇敬的山。

于是，读完李白的诗句后，我就起身前往离尼斯不远的瓦尔山谷。我离开大路，信步走上一条山径，直到眼前出现一道峭壁。那是一片陡峭的、亚化了的、没有植物覆盖的巨大岩石。在我小小的笔记本上，我用文字去写这道山壁，就像是运用文字去画素描。后来，在毛里求斯南部的摩尔纳火山岩前面，我经历了同样的体验。我没有去追思一个悲惨的故事（一群逃亡的奴隶在这里跳下悬崖，以躲避达尔林省长派来的民兵对他们的追捕），而只是去感受眼前的这道岩石，完完全全地感受它，跟它融为一体。

在唐朝的诗歌创作中，山，大自然，占有重要的位置。诗人、画家们经常通过表现风景来表达自己。比如王维，他写下山水的旖旎，就像画出一个人的肖像。从整体上讲，给诗人、画家们带来灵感的，都是一些自然界的元素：树叶，森林，溪流，湖水，或岩石。他们的眼睛看见了一些东西，而我们的教育已让我们对此视而不见。我们的都市风景过于结构化了，从而打破了一个古老的秘密，我们再也读不懂与人类语言不同的一种大自然的语言。古老信仰带给我们的——每一件东西，每一个生灵，都有一个"灵性"——在中国文化中是一直强有力地存在的。这是中国哲学与古老的萨满教以及道教信仰的关联。这可不是一种神秘主义，一种炼丹术似的晦涩艰深，好让我们回到黄金时代，找回我们的"根"。在我们过度都市化和过度理性化的世界里,又有谁还会相信这些东西?

唐诗——也可以说,一切真正的诗——也许是与真实世界保持接触的最好手段。这是一种交融的诗,引导我们遨游于身外,让我们去感受大自然的秩序,感受时间的绵延,感受梦。我第一次读到李白时,他所传递的信息是那么的鲜明,让我惊叹,同时又感受到了一种急切的召唤。我并没有发出惊呼:"写得真美",我甚至没有迫不及待地继续往下读。相反,我冲出了家门,去寻山,寻找我的敬亭山,一座我可以坐在它面前的山。默默看山,与它融为一体。

当然,之后,我开始试图进一步了解唐诗。在图书馆里,我借阅了所有与这一遥远时代相关的书籍。我读了孔子的《论语》,读了《庄子》。之后又发现了孟子,尤其是墨子那些如此独特的思想。我渐渐发现了中国文学的丰沃土壤。人们称之为中国古典文学,然而,从很多角度去看,它都是一种很具现代意味的文学。我阅读了19世纪由德理文侯爵[①]和朱迪特·戈蒂耶[②]翻译的唐诗选集。

[①] 德理文侯爵(Hervey de Saint-Denys, 1822—1892),法国19世纪汉学家。1867年被任命为巴黎世界博览会中国馆特别策展人,激起西方对中华帝国的好奇。1874年起,在法兰西公学院接替著名汉学家儒莲,担任汉语语言文学教授。1878年,当选为法兰西美文与铭文学院院士。他是著名汉学家伯希和的老师。他从小对梦的解析感兴趣,这方面的著作还影响了弗洛伊德。

[②] 朱迪特·戈蒂耶(Judith Gautier, 1845—1917),法国女作家、翻译家和诗人,著名作家泰奥菲勒·戈蒂耶之女。她热爱东方(中国、日本)。其父请了一位中国人教她中文。二十二岁时,她翻译出版中国诗集《白玉之书》,一般被称为《玉书》,声名大噪。她与同时代的法国重要作家过往甚密,1910年成为龚古尔文学奖首位女评委。她给自己取了中文名字俞第德,但此名不常用。

再后来，我还阅读了现代诗人埃兹拉·庞德以非常自由的方式翻译的唐诗——他用日本人的发音方式写李白的名字！

近日，我读到了中国一位了不起的作家、艺术家木心的作品。在他译成英文的《空房》(刘军译)中，我非常能够理解他在一篇短篇小说中提到的一个细节。在《童年随之而去》中，一名小男孩接受了一件礼物，一个青瓷小碗。这位平素无缘诗书的小男孩的耳边立刻响起了他在一本烧瓷工具书中学到的美妙诗词：

雨过天青云破处，
这般颜色做将来。

从中我们可以看到中国古代诗词的力量：可以在任何时代，任何场合下阅读。只需轻轻吟诵，就可以进入一个另外的世界。

本书是友谊的结晶。它在很大程度上得益于我与董强教授的相识。董教授是一位杰出的人，既是学者，又是诗人、书法家。多年来，在我们一次次的交谈中，萌生了撰写一本关于唐诗之书的想法。我们决定选出一些唐诗，结集出版，并提供全新的法语译本，配上董教授的书法作品。我们一起挑选了本书中的诗，着重强调这一杰出时代中最具代表性的一些时刻。在这一重读唐诗的过程中，我们发现唐诗中蕴含着深刻人性。它产生于对未来的未知与不确定之中，历经战争与饥荒。尽管在我们之间相隔了巨大的时间鸿沟，然而，在阅读过程中，我们感到同那个时代的诗人和艺术家是那么的近。我们能理解他们，那个时代与我们的时代是如此的相似。

我们想与读者分享的，正是这样一种深深的感动。

勒克莱齐奥

一场诗歌革命

从公元700年开始，中国进入了一个极其灿烂的新时代。当时的唐朝，建立还不到一个世纪。与此同一时期，欧洲西部经历了墨洛温王朝的没落以及查理曼大帝的君临。接下来是分裂，导致了三分天下：德意志、法兰西、意大利。在法国开启了于格·卡佩王朝。当时的中国已经存在了几千年，应当是世界上文明程度最高的国度。在唐朝之前，比如汉朝，中国就已经涌现出了伟大的诗人、学者、哲学家，这些人留下的遗产，后来渐渐被阿拉伯的旅行家们带到了意大利和西班牙。尽管在唐太宗登基之后，出现了不少征伐，唐朝还是开启了辉煌繁荣的时代。这一被中国历史学家们称为"贞观之治"的时代，构成了现代中国的遥远先声。封建制依然存在，地方性的冲突和相互间的秋后算账依然发生，但围绕着君主和首都长安（今西安）而发展起来的社会，有着全新的风气。这是一个由诗歌、艺术、音乐统治的时代。传统社会开始出现女性化的倾向,产生出一种前所未有的对生活的艺术和优雅品位的追求。女性在这一社会中起到越来越重要的作用。长裙、发髻、首饰等成为风尚。一些乐器开始风行,比如琵琶。

乐曲、诗歌成为民众喜爱的形式。早在汉朝,就涌现出了一些女诗人,比如班婕妤。她出生于公元前 50 年左右,给我们留下了一首关于团扇的诗,表达对爱情易逝的担忧:

> 新制齐纨素,
> 鲜洁如霜雪。
> 裁作合欢扇,
> 团团似明月。
> 出入君怀袖,
> 动摇微风发。
> 常恐秋节至,
> 凉飙夺炎热。
> 弃捐箧笥中,
> 恩情中道绝。

(《怨诗》)

《诗经》作为丰富的文学遗产,一直是中国文化的参照。但随着唐朝的到来，诗歌可以说是世俗化了，变得既是民间的，又是官方的：一个人如果不展现出阐释或者创作诗歌的能力，就无法完成政府的事务，或者公共服务。这就构成了文学考试的传统，唐朝的官员必须经历这样的考试（虽然在实际操作上也许并不完善），同时也构成了著名的文人"翰林"的传奇。

唐朝诗歌的规则并非全新，它们是在漫长的中国文学历史中渐渐形成的。到了唐朝，这些规则并没有受到质疑；相反，它们得到了进一步完善，变得更为复杂，成为人人遵守的约定。唐诗的理想形式是四行的诗句，每行由五个字或七个字构成，讲究押韵，有时还有丰富的内韵，并遵守汉语的丰富声调。这其实完全可能形成一种类似于西方十四行诗的禁锢，束缚自由的灵感和表达。然而相反，诗人们都从中找到了他们的最佳表现方式，突破了一种表面上的矛盾，做到了精神性与严格格律的并存。正因如此，早在他们生活的时代，他们就成为一种古典的典范。

然而，正如我们后面在阅读一些具体诗篇时可以看到的，没有比唐诗更加不"古典"的诗歌了。情感，在诗中占据了最重要的位置。中国的传统诗歌从其语言的语法结构中得益匪浅：不存在定冠词，动词不需要变位，很少需要提到人称代词。也许正是在中国的唐朝，抒情性达到了最高境界。每一首诗都完满自足，直到最后一句诗，才像一个谜一样完整展开。整个结构，就像是镜子结构。它一方面满足了中国思想、中国道教中对均衡与和谐的追求，另一方面，它向多义性，以及情感的丰富性开放，让情感发出无穷的回声。

古希腊和拉丁诗人们在竖琴和潘神之笛的伴奏下吟唱，然而，他们的灵感受到了神话传承和传奇传统的约束。奥维德写过情诗，但他最个人化的倾诉（如在《哀诗》中），也只是对自己在流放过程中失去了的生活方式、对罗马上流社会的歌舞升平最为自私的怀旧和哀怨。

中国唐朝的诗人们，是后来文学中所发明的许多东西的先驱。比如在意大利由彼得拉克引领的文艺复兴时期的诗歌，在法国的"七星诗社"文学团体中的创作，甚至——假如我们在时空中跳跃——直到拜伦、雪莱、缪塞的浪漫主义时期的诗篇。同样，在古波斯诗人莪默·伽亚谟①的诗歌之前四百年，在龙萨、杜贝莱之前九百年，在莎士比亚之前几乎一千年，中国唐朝诗人们就写出了堪与他们的谣曲和十四行诗相媲美的美妙诗篇。如果想要在抒情诗领域找到类似的发展，也许我们不应当再在时间中旅行，而是在空间里跨越，到世界的另一边，找到十五世纪阿兹特克帝国的诗歌，比如国王兼诗人内萨瓦尔科约特尔②在西班牙人摧毁这一文明之前留下的高贵

---

① 莪默·伽亚谟（Omar Khayyam，1048—1123 或 1131），古波斯著名天文学家、数学家、哲学家、诗人。其代表作为《鲁拜集》（意为"四行诗集"）。1859 年，该诗集被译成英语，在西方引起关注。
② 内萨瓦尔科约特尔（1402—1472），前哥伦布时期城邦特斯科科的君主（1429—1472 在位），同时也是哲学家、建筑师和诗人。

的、绝望的诗篇。

因此，唐朝在中国文化中是一个重要的阶段。它不乏战火与灾难，但无论是唐太宗时代的"贞观之治"，还是唐玄宗时代的"开元之治"，它都是最强盛繁荣的时代，直到公元十世纪初才终结，随后是帝国的分裂，直至宋朝再次统一整个帝国。之后，又出现了一个新的王朝，由于成吉思汗和忽必烈的入侵而形成的王朝（成为中国的元朝）。这一并不短暂的阶段（因为它从618年一直持续到了907年）在中华文明中留下了不可磨灭的痕迹。它是艺术上完美的榜样，同时也诞生了一种真正的个体思想，也就是一种自我觉醒，一种表达的自由，以及自我仲裁的自由。人们提起这一时期，就想到它的古典。然而古典，换一个说法，就是成规。我们更倾向于认为，那是一种革命，是一种现代性的诞生。它们可以被称为是一种"文艺复兴"。我们将在后面读到的诗篇，都是明证。

由诗人彼得拉克以及短篇小说家薄伽丘创造的"文艺复兴"一词，原意为"再生"，在古代中国的语言中并不存在。最为接近的一个词，也许是"复兴"（回归传统），其表达的内涵，其实完全不同。意大利发起的这一运动，强调的是回归古希腊、罗马的"经典"，但同时也意味着对以神学家俄利根[①]和僧侣阿贝拉尔[②]为代表的经

[①] 俄利根（一译奥利金，约185—约253），早期基督教著名的神学家、哲学家。
[②] 皮埃尔·阿贝拉尔（1079—1142），欧洲中世纪经院哲学家、神学家和逻辑学家。

院派的批评。当时最能代表全新的文化思想的人士,无疑是荷兰大学者伊拉斯谟[①],是他启发了后来的宗教改革,尤其是路德的思想。在中国,宗教一直都只占第二层面,类似的对价值体系的重新判断,以及对世俗的回归,并无必要。

---

① 伊拉斯谟(1466—1536),欧洲著名的人文主义思想家、神学家,主要在尼德兰(今荷兰和比利时)活动,俗称"鹿特丹的伊拉斯谟"。

冒险家李白

　　究竟是一种什么力量，驱使李白浪迹天涯？为什么他最终要放弃一切——妻子，孩子，财产，自身安全——有时还冒着生命危险，不顾一切，行走在路上？他身处的唐朝，虽已不再如前朝一样战争纷起，王权更替频繁，却远非一片净土。道路远非坦途，时有盗贼、逃散的士兵，且不说凶猛的野兽：豺狼、虎豹、毒蛇。大多数情况下，李白都独自一人旅行，而且是步行。他从西向东，从北到南，无论冬夏，行走在连接旧日的诸侯国和封邑的道路上。他有时也会结伴而行，比如跟杜甫，但总的来说以独行为主。与朋友道别时，他不免儿女情长，因为很可能就此一别之后，便再无相见的可能。在八世纪的中国，旅行是可以的，但消息并不畅通。出发，有时就意味着消失。

　　李白是个冒险家。他真正的旅伴，是他的剑。他为他的"长剑"

写诗。他如一名真正的侠客,知道如何使剑。当他写下"杀人都市中",自然是出于豪气,但也并非完全的无中生有。他完全可以做到。与当时所有有教养的男子一样,他知道如何使用武器,驾驭车马。我们可以将这些男子跟日本的武士相比。但是,在大多数情况下,日本武士只是为幕府所用的雇佣兵。武士虽有荣誉感,却没有道德上的准则,可以受命杀人,无论男女,甚至孩子。正是他们,在20世纪初杀死了朝鲜最后的一个皇后,明成皇后,因为她敢于抵抗日本的殖民。

李白、王维、杜甫,都是文武双全之人。但是,战争对于他们来说,不是职业。他们都怀有悲悯、同情之心,在他们许多感人的诗句中,都能感受到这一品质。

是的,究竟是什么力量,驱使李白总是在路上?这位被公认为他这一代最伟大、最有才华的诗人,不依附于任何大师,不断前行。唐朝发明了一种前人所没有的自由:远行的自由。正是同样的自由,驱使玄奘踏上了西行之路,要从天竺带回佛经,即便没有得到太宗皇帝的准许。那是一次充满危险、漫长的旅行,他自己对此旅行有所讲述(后来启发了吴承恩,写出著名的小说《西游记》)。当他回来的时候,整个朝廷都为他欢呼,连皇帝本人都在场亲迎,尽管有一个传奇的说法,说他未能带回全部的佛经,因为有一部分在穿越克什米尔地区的时候,掉入了水中。

自由从内心燃烧着这些中国的男子。这一自由之火既是摧毁性的，又慷慨无比。很久以后，同样的自由驱动了一些宗教信徒走上了难以置信的冒险之路。比如鲁米，他从科尼亚（位于如今的土耳其）出发，一直到了巴格达。还有他的老师，大不里士的沙姆士，人们甚至说他到过中国。

这些人都有一种"启示"要传递。他们穿越世界，是为了传教，为了说服人，为了宣讲。从某种程度上来讲，他们是某个预言家的使者。但是李白呢？他信仰什么？他探寻什么？

伟大的诗人杜甫，曾与李白一同畅饮，一同游历，是他一生的朋友。他写的一首称颂李白的诗，可以概括他的冒险精神：

秋来相顾尚飘蓬，

未就丹砂愧葛洪。

痛饮狂歌空度日，

飞扬跋扈为谁雄？

（《赠李白》）

浪迹天涯……

人是被风吹来吹去的孤蓬

永恒是幻觉一场

痛饮，直至沉醉；而后，没来由地吟唱

无目的

无回声

传奇仅发生一次

逝者再也不会回来

如神话中的大鸟

如从深渊中跃出的蓝鲸

羁旅者，魔法师，战士，醉鬼，利他之人，沉静勇猛，不乏虚荣

乃至可笑。

此刻，他又要行向何方？

何处能遇见他？

何处去找寻他？

道路在他面前展开。他渴望着冒险，渴望着无穷。他寻找的，是最后那片海市蜃楼和最后一道山丘的神秘。他要跨越高山，到另一边去，去寻找另一个山谷，寻找新的山峰。有时候，他会停下来，去理解眼前的世界，去接受灵光、灵感，休整，然后再出发。

作为冒险家的李白，到了固执的地步，甚至不惜被人视为荒唐。他不能停留在同一个地方。并非为了活得更好，而是因为对他来说，没有比漫漫旅途更好的生活了。

他要行遍世界。

唐朝的时候，世界意味着什么？

世界对于他来说，正如对当时的所有中国人而言，就是大唐帝国。在西北方，有高山和沙漠作为屏障。在南方有蛮夷的边境，在东边有地球上最大的海洋。中国就是世界。一片如此巨大的疆域，以至于让人无法想象可以越过它的边境，尤其是，这还是一个特别具有向心力的国家。生于中国，在李白和杜甫他们那个世纪，就意味着意识到自己属于世界的中心，需要一生去认识到这一点，才配得上这一荣光。没有任何一个国度，有过如此广袤的领土，能够让人产生如此巨大的自豪感。后来的蒙古帝国，在它那个时代，疆土肯定更广，从太平洋一直到乌拉尔山脉；在殖民时代的初期，大英帝国可以自称永远见不到日落。然而，这些帝国都建立在暴力的侵占上，而且不断在移动。他们不构成稳固的大厦，不围绕固定的中心而建，没有稳定的结构。他们不建立在哲学与道德的法则之上，只有军事与经济上的统治。这也是为什么，无论是蒙古帝国，还是大英帝国，都很容易就崩溃如沙，没有留下多少痕迹。而中华帝国，无论是唐朝，还是清朝，都是一个坚固的建筑。朝代的更替，都只是一个普遍的历史的变体而已，而这一普遍历史至今继续存在。

李白是冒险家。但他充满柔情，内心敏感。他一直保留自己的梦，保留着自己的脆弱。他也会炫耀，但并非出于虚荣，而是因为他心中怀有最高的诗歌理念，是因为他知道自己被这一理念所占有，而非这一理念的占有者。灵感，这一神的恩赐，对他来说来自沉醉。当他不再主宰自己的感官，当他连走路都走不动需要有人背他，当他躺卧在途中随便一个小屋中的时候，他会看到天上的满月，就像他孩童时代的完美形象，就像他小妹妹月圆的那张脸。

在诗歌面前，李白一直都是谦卑的。他从未认为自己比大自然中的各种元素更为优越。相反，他表达自己对无垠天空的臣服，对高山、森林、河流的臣服。顺从，但又深深地爱着。他之所以观看风景，直到彻底融入其中，之所以观看大山，直到与之成为一体，那是因为他爱着风景，爱着高山。赤条条的人面对大自然质朴野性的力量。

李白公元701年生于碎叶，一个位于唐朝最西部的地方，今属吉尔吉斯斯坦。虽然他的家族属于汉族，但在那里，汉族人只是少数，需要与其他使用突厥语和蒙古语的民族和平共处。

他出生时，中国在经历了几百年间几乎不停的政治冲突和军事征战之后，已经再度成为一个统一、繁荣的国家。公元618年，李渊建立起了唐朝。这一朝代将在中国的文化和政治史上起到极其重要的作用。唐朝真正开始腾飞，是在李渊的儿子李世民执政之后，也就是被称为唐太宗的皇帝。他是一位有文化、自由开放的人，同时还是一位战略家。在他的努力下，中国达到了前所未有的繁荣，尤其是——这对于李白来说特别重要——在汉族人（占统治的民族）

与大西部的少数民族之间，在汉族人与胡人（不是人们在西欧所了解的匈奴人，而是包括所有使用中国西部和北部少数民族语言的人的总称）之间的关系十分融洽。

在唐朝，这种融合，同时也是南北之间的融合。也就是北方好战的文化，与南方那种热爱生活、雅致，追求贸易，更加自由的文化之间的融合。

根据传统的说法，李白出身于王族，来自西凉国，属于武昭王李暠的后代。他父亲来自一个有影响力的家庭。他来到世上的时刻，是一个充满了神奇的时刻。就在李白出生之前，他母亲做了一个梦，梦中见到长庚星（太白金星）进入她的身体。她身边的人吃惊地看到一颗流星进入房间，然后消失。因此，孩子一生下来，就被取名为李白，字太白。

公元 705 年（李白才四岁），武则天驾崩，中宗即位，李白的父亲因为政治原因，离开了碎叶。他们全家搬到四川的小镇清莲，位于涪江岸边。李白在那里度过了童年和少年时代，一直到二十岁。远离朝廷，远离首都长安的李白发展起自己的独立人格，并一直保留西部少数民族自由奔放的生活态度和游牧的天性。对于唐朝男子来说，锻炼身体，骑马，跟阅读诗歌、精通乐理一样重要。他一生都保留了冒险精神和对口语诗歌的兴趣，那是西部人的特性，正如他在《猛虎行》中所说：

> 溧阳酒楼三月春,
> 杨花漠漠愁杀人。
> 胡人绿眼吹玉笛,
> 吴歌白纻飞梁尘。

李白出生时,位于西方,可以说受到月亮的保护。生于河南的杜甫,因为位于中国的东部,所以受太阳的保护。

从他父母那里,李白接受了良好的文学教育。他自述道:"五岁诵六甲,十岁观百家。"在这百家之中,自然有孔子,也有墨子(约公元前 470/480—公元前 391)。墨子是墨家的领袖,写有一篇奇特的文章,《非乐》。另外,应该还有以文才著名的司马相如。他也阅读同时代的赵蕤,此人写了一部《长短经》,专门论述战略与智谋,同时也有对时局的分析。但是,对李白来说,真正的文化模式来自梁朝(502—557)时期出版的一部重要的诗文选集,叫《文选》,其中收录了周代以来的诗文数百篇。对他来说,《文选》中的杰作是高妙的参照体系,无论在文化和道德上达到的高度,还是文学本身的灿烂,都让他心向往之。

青年的李白(在十五岁到三十岁之间)迷上了道家思想,一种哲学和祖先信仰的混合。直到他生命的尽头,他都受到道家思想的影响。在四川,道教的发展比较兴盛,尤其是由于道士范传正的榜样。在道的思想中,人们希望通过对冥想的追求,对炼金术元素的探索，对传统医学中阴阳调和的研究，以及在饮食学上的讲究，追求成仙不死。与中世纪末期在欧洲使用的炼金术不同，在中国，炼金术既是一种神秘主义的追求，又是技术层面的探究。它使用了诗意的隐喻：汞是"年轻的女子"（姹女），铅被认为是"婴儿"。每个元素都与一颗星星或一个星座相关，与一个命运相关——李白本人的诞生，就是跟"金"有关的。

十五岁上（按照七世纪中国的规定，男子开始有结婚的权利），李白受到峨眉山传说的启发，追寻仙人的住所，前往岷山。那里有一个著名的隐士，东严子。他从东严子那里学到了许多秘术，比如驯养鸟类（"养奇禽千计。呼皆就掌取食，了无惊猜。"），学习如何像道家思想的奠基人之一庄子所倡导的，与大自然融为一体。在山上修行期间，他开始熟悉大自然中的各种元素，服食中草药，从而使身心和谐。他通过斋戒和道教所要求的体力劳动，强身健骨。

有一段时间里，诗人卢鸿一成了时代的一个榜样：隐居修炼，是一种心理考验。仿佛一个出身良好的年轻人完成了这一考验，就能完善自己的教育，就更有资格去担任公职，为皇帝效劳。在岷山严酷的修炼之后，李白渐入佳境：

> 既而童颜益春，真气愈茂，将欲倚剑天外，挂弓扶桑。
>
> （《代寿山答孟少府移文书》）

他追求与自然的神秘主义结合，并写下许多相关的著名诗句。从此之后，他有了一个信念，即凭借诗歌和神秘主义的体验，他有一天将能成仙。诗人贺知章曾称他为"谪仙"。

李白生命的另一面是冒险。十八岁那年，他离开岷山，到资州去找赵蕤。他从赵蕤那里学习纵横之术，学习如何做游说帝王的策士。从此以后，他要实现诗人、策士和战士的理想。

李白首先是一个极其自由的人。他如侠客般的生活，并没有改变他的奇幻性格。他本人经常提到自己的雄心，同时不忘自嘲：

> 抚剑夜吟啸，
> 雄心日千里。
> 誓欲斩鲸鲵，
> 澄清洛阳水。
> 六合洒霖雨，
> 万物无凋枯。
> 我挥一杯水，
> 自笑何区区。

（《赠张相镐》其二）

他的朋友们也提到他对习武的爱好,例如崔宗之在献给他的诗中写道:

> 袖有匕首剑,
> 怀中茂陵书。
>
> (《赠李十二白》)

他自己在《白马篇》中写道:

> 杀人如剪草,
> 剧孟同游遨。

而在《结客少年场行》中,他写下了豪气的诗句:

> 笑尽一杯酒,
> 杀人都市中。

当时的李白还不到三十岁。他感到自由的滋味,冒险的召唤。他勇敢,自负,不乏鲁莽。他也很慷慨、无私,对来自朝廷中人的批评无动于衷。他实现了这一代许多年轻人的渴望:自由、热情与冒险。对于那些熟悉他的人,以及对于后代来说,他是一个浪漫的英雄，代表了一个无法实现的理想。

"以为士生则桑弧蓬矢，射乎四方，故知大丈夫必有四方之志。乃仗剑去国，辞亲远游。南穷苍梧，东涉溟海。"

（《上安州裴长史书》）

这是古代诸侯生男婴后的一种仪式：男孩出生之后，礼官朝四方射箭，象征他们将要面对浩瀚的世界。

到遥远的地方去壮游，也是渴望成为诗人和官员的年轻人接受教育的一种形式。这一类的旅行，让年轻人了解真实、深刻、有时不免古老却总是英勇无比的中国。如果将这些壮游的诗人比作后来在欧洲历史上出现的安达卢西亚和欧西坦尼亚的行吟诗人，那将是大大的谬误。在他们一千年之前，孔子就做出了榜样，强调一个真正的士，必须既能勇武善战，又有政治上的雄才伟略，同时培养自己高远的思想境界。他应当具备精神和行动上的高贵，不执着于世俗上的成功，鄙视财富，并致力于最纯粹的诗歌创作。

在八世纪，旅行还意味着真正的危险。道路并不安全，时有盗贼出没，还会有散兵游勇在四处掠夺。在岷山修炼之后，李白前往湖北，其间穿越了险峻的长江三峡。他在诗作《渡荆门送别》中写道：

渡远荆门外，
来从楚国游。
山随平野尽，
江入大荒流。
月下飞天镜，
云生结海楼。
仍怜故乡水，
万里送行舟。

这次旅行对他来说，也是一次忧郁的经历。这种感觉对于他这一代的诗人来说是如此的特别。他们面临着流亡，有着寻求另一片土地的需要。当他穿越荆州时，深感对其故土的乡愁。听到鸟鸣时，他通过一名女子的口，表达思念不知归期的夫君的痛苦心情：

白帝城边足风波，
瞿塘五月谁敢过。
荆州麦熟茧成蛾，
缫丝忆君头绪多。
拨谷飞鸣奈妾何。

(《荆州歌》)

但大自然的壮美吸引着旅行者继续前行：

> 日照香炉生紫烟，
> 遥看瀑布挂前川。
> 飞流直下三千尺，
> 疑是银河落九天。
>
> （《望庐山瀑布》）

在水上旅行的尽头，出现了金陵（南京）这座大城市。它不是首都，但已是诗人（和饮者）的天堂。他为在南京遇上的歌女和舞女，写下《白纻辞三首》：

> 扬清歌，
> 发皓齿，
> 北方佳人东邻子。
> 且吟白纻停绿水，
> 长袖拂面为君起。
>
> 月寒江清夜沉沉，

美人一笑千黄金。
垂罗舞縠扬哀音。
郢中白雪且莫吟，
子夜吴歌动君心。

吴刀剪彩缝舞衣，
明妆丽服夺春晖，
扬眉转袖若雪飞，
倾城独立世所稀。

从南京一间客栈出发的李白，留下《金陵酒肆留别》，颂扬这座位于长江边上的大都市的美丽，并吟唱了与他同龄的年轻人之间的友谊：

风吹柳花满店香，
吴姬压酒唤客尝。
金陵子弟来相送，
欲行不行各尽觞。
请君试问东流水，
别意与之谁短长。

对旅行者的奖励,是在疲惫的长途跋涉之后,与美的相遇:

> 长干吴儿女,
> 眉目艳新月。
> 屐上足如霜,
> 不著鸦头袜。
>
> 吴儿多白皙,
> 好为荡舟剧。
> 卖眼掷春心,
> 折花调行客。

(《越女词》其一、其二)

在溪水边的每次相遇,都是一幅画:

> 耶溪采莲女,
> 见客棹歌回。
> 笑入荷花去,
> 佯羞不出来。

(《越女词》其三)

李白吟唱这些美好的、转瞬即逝的时刻，它们是来自生命中的偶然的馈赠：

> 葡萄酒，金叵罗，
> 吴姬十五细马驮。
> 青黛画眉红锦靴，
> 道字不正娇唱歌。
> 玳瑁筵中怀里醉，
> 芙蓉帐底奈君何！

（《对酒》）

李白最想要表达的，便是这种自由自在的生活。他要抓住瞬间，将诗歌和沉醉上升到伟大的地位。这一点使得他成了一个"酒仙"，正如杜甫带着幽默和友情，在他的《饮中八仙歌》里所描述的：

> 李白斗酒诗百篇，
> 长安市上酒家眠。
> 天子呼来不上船，
> 自称臣是酒中仙。

酒

酒是李白的一生至爱。

今天,这样的行为,我们会贬义地称之为酗酒。"古典"时代的中国社会(汉、唐、宋)对饮酒过度表现出相当的宽容。酒是进入另一种现实的手段,可以让人达到思想的不同维度。无论是用粟米、葡萄汁还是野果酿成,酒都能开启一个不同的世界,一个接近于神仙的世界。李白深知醉酒与清醒之间的根本差异,明确强调醉酒的优越性,那是一种清醒者根本不配了解的状态:

> 已闻清比圣,
> 复道浊如贤。
> 贤圣既已饮,
> 何必求神仙。
> 三杯通大道,

[明] 佚名，《钟馗骑虎图》，93.3 x 46.7 cm
私人收藏

[元]徐泽（活跃于13世纪），《架上鹰图》
波士顿艺术博物馆（美）

[南宋] 佚名,《雪渔图》, 25.3 x 332.6 cm
北京故宫博物院

董强，李白《清平调》（之三）

一斗合自然。

但得酒中趣，

勿为醒者传。

（《月下独酌其二》）

杜甫在长安的时候，也不放过与好友同饮的机会。他还带着极大的幽默感，专门写诗称颂"饮中八仙"，这些诗句恣睢豪放，尽显才华。在此我们可以看到他如何形容其中的前两仙：

知章骑马似乘船，

眼花落井水底眠。

汝阳三斗始朝天，

道逢麴车口流涎，

恨不移封向酒泉。

（《饮中八仙歌》）

这种推崇酒的力量的最著名例子，我们可以到艺术家那里找，比如怀素和尚。据说他在醉酒时写书法，写得最好。写完之后，他会大叫几声，几乎不像是人的声音（"忽然绝叫三五声，满壁纵横千万字"）。一位朋友为此写下两句著名的诗：

> 狂来轻世界,
> 醉里得真如。

当怀素清醒的时候,他自己都觉得自己在醉中所写的东西近乎神品!

李白有一个短暂的时期,玄宗皇帝召他进入翰林。他以为自己彻底开启了人生中新的篇章,可以将自己的才能运用到治理国家大事上。他写诗表达了自己的兴奋和热情:

> 仰天大笑出门去,
> 我辈岂是蓬蒿人。

但他很快就幻灭了。因为他在翰林的角色并不令人满意。那是一项纯荣誉性的工作,没有实际的决定权。于是他彻底沉浸到饮酒的激情之中,风花雪月,挥金如土,也招来一些致命的敌人。他大醉的时候,可以彻底超出常规能够接受的地步。他有时会醉得一塌糊涂,需要人们抬着他去翰林院公干。但即便在这种状态下,他也能展现出他天才的创造力。人们津津乐道地讲述李白的逸事,说他在觐见皇帝的时候,醉到无法脱鞋,让太监高力士为他脱靴。从中可以看出他如何保持自己行为的高度自由。据传,高力士从此怀恨在心，利用他写的几首关于牡丹的诗（《清平调》）让皇帝罢免他。李白在诗中竟然胆敢将玄宗的宠妃，著名的杨贵妃，比作汉代的赵飞燕！由于高力士的谗言，以及杨贵妃的怨恨，诗人失宠了。他仍然得以保留在翰林的位置，但他知道他将再无出头之日。

酒也能增进友谊。年轻的时候，李白喜欢参加一些快乐的聚会，就像是精神的节庆。酒成为灵感的源泉，让他们自由奔放。他与杜甫一起饮酒，庆祝友谊。当生活让他们天各一方，杜甫会时常想起当年的友情。李白与杜甫，就像中国诗歌的太阳与月亮。强调李白和杜甫对现代的重要性的大学者、诗人闻一多在提到他们的友谊时写道，李白和杜甫就像太阳和月亮，突然在辽阔的天空中"走碰了头"。①

杜甫回想起这些日子，写下一首著名的诗，诗中表达出他对李白的无比崇敬，并希望有一天能够再次共同举杯畅饮，庆祝重逢：

> 白也诗无敌，
> 飘然思不群。
> 清新庾开府，

---

① 见闻一多《唐诗杂论》中《杜甫》一文。——编者注

俊逸鲍参军。
渭北春天树,
江东日暮云。
何时一樽酒,
重与细论文。

(《春日忆李白》)

李白写给杜甫的诗,表达出同样的愿望:

醉别复几日,
登临遍池台。
何时石门路,
重有金樽开?
秋波落泗水,
海色明徂徕。
飞蓬各自远,
且尽手中杯。

(《鲁郡东石门送杜二甫》)

李白与杜甫,两位都是生活中失意的诗人。杜甫为了养家糊口,不得不经常辗转流离。李白则是因为他本来就喜欢流浪,远甚于过宫廷诗人的生活。

李白带着某种苦涩，意识到自己在翰林院的失败。他坚信自己的诗歌才华，远在他人之上。公元744年，李白已经步入中年，大多数皇帝身边的文人都试图享受长安宫中的温柔乡，李白却决定重获自由。他向皇帝提出辞职，皇帝准许了。从此之后，他的生活将是再无依傍的流浪。他早年与担任过宰相的许圉师的孙女结婚，并育有子女（两男一女）。其中长子叫伯禽，以李白喜欢的周公的儿子命名——有时候，李白会认为自己是周公的后代。出于感情，李白在私下昵称他为"明月奴"。他喜爱的女儿，取名为平阳。他在家庭生活上很失败，一部分的原因可能是李白来自西北边陲，对儒家重男轻女的观念比较淡漠，没有尊重儒家的父系婚姻原则而答应入赘，生活在妻子的家中。

他的生活给他留下了悲伤和失望。为了伯禽和平阳，他作了这首《致鲁东二稚子》：

娇女字平阳，
折花倚桃边。
折花不见我，

泪下如流泉。
小儿名伯禽,
与姊亦齐肩。
双行桃树下,
抚背复谁怜?
念此失次第,
肝肠日忧煎。

安史之乱

安禄山是个胡人。他的名字在古突厥语中是轧荦山，具有特殊的含义，因为它有"战神"之意。传说他的母亲想要一个男性后裔，在怀上他之前，前往一个供奉战神的庙宇祈祷，所以取了这样一个名字。他能发迹，始于在玄宗皇帝身边的日子。当时的玄宗已经沉湎于声色，宫中歌舞升平，疏于朝政。安禄山获得了皇帝的信任：他以自己的年轻、大胆和不拘一格，吸引了皇帝。

然而，在他的同时代人眼里，这是一个身材肥胖的粗人。同时，他阴险狡诈，对强者趋炎附势，对弱者残忍欺压：这与儒家的理想贤者恰恰相反。

安禄山有一次征讨契丹失利，有大臣上报朝廷，要将他斩首，但皇帝赦免了他。

公元755年，他在范阳集结了一支庞大混杂的叛军，一部分由西部的吐蕃士兵组成，一部分来自西北（今吉尔吉斯斯坦、阿富汗、蒙古等地），总共近 20 万人。另一个将军史思明也发起叛乱，并在安禄山失败后还继续叛乱，直至被自己的儿子杀死。这个战争、叛乱的阶段，中国历史上称为"安史之乱"。

安禄山的军队在长安郊外集结。

惊魂未定的玄宗在没有实际支持的情况下被击败，不得不离开他的首都长安，去四川避难。

与大多数正直的人一样，李白反对安禄山的叛乱，并寻求为皇帝效力。

公元 755 年，他写下长诗《猛虎行》：

> 旌旗缤纷两河道，
> 战鼓惊山欲倾倒。
> 秦人半作燕地囚，
> 胡马翻衔洛阳草。

李白无法与皇帝的军队会合，只好到宣城（位于南方）去避难：

> 有策不敢犯龙鳞，
> 窜身南国避胡尘。

> 宝书长剑挂高阁,
> 金鞍骏马散故人。

对于李白而言,这是一个崩塌了的世界。那个孕育了他在权力与诗歌创造之间取得平衡的希望的世界崩溃了。

玄宗的三子李亨于756年宣布自己为皇帝,玄宗成为太上皇。有一段时间,权力似乎在两个人之间摇摆:肃宗李亨和永王李璘(玄宗第十六子)。永王主要占据南方,说服李白为他效力。李白接受了,希望永王的军队能够打败安禄山。

他在一首诗中豪气干云:

> 试借君王玉马鞭,
> 指挥戎虏坐琼筵。
> 南风一扫胡尘静,
> 西入长安到日边。

然而,公元757年,永王被效忠于肃宗李亨的军队杀死。李白感叹道:

主将动谗疑，
王师忽离叛。
自来白沙上，
鼓噪丹阳岸。
宾御如浮云，
从风各消散。
舟中指可掬，
城上骸争爨。
草草出近关，
行行昧前算。
南奔剧星火，
北寇无涯畔。

（《南奔书怀》）

李白被俘，生死未卜。杜甫得知消息，忧心忡忡。

同时，安禄山的叛乱已接近尾声。郭子仪光复了长安和洛阳。由于亲友相助，李白被释放，但随后又被指控参与了永王的谋反而被放逐到夜郎，那是当时最荒凉、最偏远的地区。途中，他遇上了大赦。于是，他再次乘船，穿越三峡，沿着长江而下。他相信自己的运气已经好转，并能在朝廷中找到自己的位置。

他在这次水上旅行的途中写道：

> 朝辞白帝彩云间，
> 千里江陵一日还。
> 两岸猿声啼不住，
> 轻舟已过万重山。

然而，流放与羁旅耗尽了他的健康。有一天，他想起了古代的鹏鸟，那是传说中的神奇之鸟，在飞行的尽头，从天空中坠落下来。鹏鸟是他将不久于人世的预兆。他心知这一点。诗人的声音变得喑哑：

> 大鹏飞兮振八裔，
> 中天摧兮力不济。
> 余风激兮万世，
> 游扶桑兮挂左袂。
> 后人得之传此，
> 仲尼亡兮谁为出涕！

尽管他知道后世一定会记得他，但他还是担心，子孙后代将不知道如何欣赏他的真正价值，正如孔子哀叹麒麟之死。麒麟是与鹏鸟一样的神奇动物。

公元 762 年，享年六十一岁的伟大的李白，在南方行进路上的某地辞世。传说，诗人是因为醉酒，在一条河上，因为被月亮在水中的倒影所吸引而坠入河中。他出生时，就跟月亮紧紧联系在了一起，同样洁白，同样皎洁。不知道当时他的遗体被埋在了何处，但据传，后来范传正应李白家人的请求，将他的骨骸葬到了青山北麓的一座墓中，紧邻他特别尊重的前辈诗人谢朓之墓。

同是诗人的范传正，撰写了镌刻在墓碑上的墓志铭：

谢家山兮李公墓，
异代诗流同此路。

李阳冰，一位远房族亲，负责收集了李白在旅行途中随兴创作的大部分诗歌，因为李白本人平时并不刻意记录下来。

著名的《蜀道难》中的一句诗句，总结了他对游荡生活的向往，以及其中寓含的艰难：

蜀道之难，难于上青天！

战　争

这些唐朝诗人，无论是李白、王维、杜甫，还是白居易、李商隐，都生活在战争的阴影中。

他们并没有选择这场战争。是战争打破、撕裂了他们安宁的生活。作为不祥的事件，战争与他们的哲学和艺术理想相违背。

安史之乱让唐朝在人员伤亡和经济损失方面付出了极为惨重的代价。据亚瑟·韦利[①]的估计，根据安史之乱前后的人口普查，这场叛乱造成了超过三千多万中国人的死亡，因为在叛乱之前，唐朝

[①] 亚瑟·韦利（Arthur Waley，1889—1966），英国著名东方学家，汉学家。翻译了大量中国与日本的古典文学作品。

帝国在玄宗登基后不久有 5300 万人口，而到了叛乱末期，人口仅为 1600 万！这不仅是由几个将军的野心所引起的战争，而是定都长安的中央帝国与西、北边地方势力之间发生的对抗，他们被总称为"胡"，包括回鹘、吐蕃、契丹等。

杜甫一直是这一时代最忠实的编年史家，他的诗被后世尊称为"诗史"。由于他没有特别的职位，没有任何保护，他与民众分担命运。他与家人不断地躲避战火，总是生活在恐惧、悲惨、饥饿的威胁之下。在他的诗篇《彭衙行》中，他讲述了人们如何拖家带口，翻山越岭，躲避战火：

> 忆昔避贼初，
> 北走经险艰。
> 夜深彭衙道，
> 月照白水山。
> 尽室久徒步，
> 逢人多厚颜。
> 参差谷鸟吟，
> 不见游子还。
> 痴女饥咬我，
> 啼畏虎狼闻。

怀中掩其口,
反侧声愈嗔。
小儿强解事,
故索苦李餐。

杜甫所经历的战争不是一场光荣的战争,它在他身上留下了深深的伤痕:

老妻寄异县,
十口隔风雪。
谁能久不顾,
庶往共饥渴。
入门闻号咷,
幼子饥已卒。
吾宁舍一哀,
里巷亦呜咽。
所愧为人父,
无食致夭折。

(《自京赴奉先县咏怀五百字》)

即使在最黑暗的逆境中,杜甫也想着民众,与他们分担痛苦:

默思失业徒,
因念远戍卒。

对于杜甫来说,战争不是什么历史性事件。一次地震,一场流行病,或者一次旱灾,都可以称为历史性事件,但战争不是。它是腐烂性的元素,渗透到了大地和天空,渗透到岸边的草丛、溪流的水中。即便是大自然欢乐的景象,也无法让战争摧残下的人心情变好:

江草日日唤愁生,
巫峡泠泠非世情。
盘涡鹭浴底心性,
独树花发自分明。
十年戎马暗万国,
异域宾客老孤城。
渭水秦山得见否,
人今罢病虎纵横!

(《愁》)

爱

唐诗开创了一个新时代。这个时代的诗人积极参与了一种宫廷的贵族生活和优雅的文化。这一文化——经历了汉末之后的各种改朝换代——由唐玄宗引导。这位皇帝长期在位，他的统治被认为是崇尚艺术和崇拜诗歌的时代。这种文化无疑并不新鲜。诗歌始终位于中国文明身份认同的核心，无论是对于城市贵族（长安，洛阳，成都），还是对于民众而言。诗歌在孔子或庄子时代，就在哲学中扮演了重要角色。从一开始起，思想家们就引用《诗经》，视之为真理与文化的基准。

也许，中国是一个"圣书"之国，尽管在那里从未像在希伯来社会中，或者在后来的基督徒和穆斯林那里，有真正的神圣文本出现过。对于中国而言，《诗经》代表着人类的卓越性，体现了形式与灵感的交融，是文化与语言的精髓。

　　这一诗歌不仅仅属于男性。从一开始起，女性就参与诗歌实践，并在书面文化的发展中确定她们的角色。然而，此后，传统的、儒家思想的中国，远称不上重视女性。在一个由男人主导的社会中，女性充其量只能发挥配角、陪衬的作用，她们往往更多地局限于家务劳动和生育职能。有时，她们也会写作或成为音乐家，但男人却往往只希望她们成为诱惑的对象，或者幽怨的主体，正如在班婕妤那首著名的《怨诗》中所表达的。

　　但是，如果将这一现象视为东方和儒家社会所独有的特征，那就大错特错了。在犹太-基督教传统的西方，直到文艺复兴时期，也从未鼓励女性进行艺术创作，而是将她们局限于母亲和妻子的从属角色。在法国，第一个从中解放出来的女性是克里斯蒂娜·德·皮桑[1]。克里斯蒂娜·德·皮桑写下了《女性之城》，在当时遭人指责。她在书中大力倡导妇女解放，要求她们忘掉纺锤，致力于学习。因此，她的书与中世纪末期的情色趋势相反，也就是说，她反对游吟诗人的诗歌，尤其是反对当时最流行的小说，纪尧姆·德·洛里斯

---

[1] 克里斯蒂娜·德·皮桑（Christine de Pisan，1364—1430），法国女哲学家、诗人，生于威尼斯。被认为是第一个靠写作为生的法国女作家，晚年隐居修道院。著名作品有《女性之城》。西蒙娜·德·波伏瓦对她多有赞誉，称她是第一个拿起笔来捍卫女性的女作家。

和让·德·蒙格撰写的《玫瑰之书》①（克里斯汀·德·皮桑是对这部小说进行最严厉的批评的人之一），因为在这一类文学当中，女性最终只是勇士的报酬。在男性"理想的崇拜"的幌子下，她们只是男性社会的囚徒。

中国唐朝是女性占重要位置的时代：在这个朝代中，有一名女子成功地解放了自己，并在几次尝试之后，成功地被接受为中国唯一的一位女皇。武则天具有了不起的行政管理能力，促进了和平，以及各阶层民众之间的和谐。而且，她还以其在文化方面的品位而著称，引领了女性文学的某种复兴，因为她命人编撰了第一部专门针对女性的文学选集。

唐朝也是一个充满了故事和传奇的朝代——往往是爱情故事。唐玄宗的行为本身就可以说是一种不正经的榜样，喜欢对女子进行诱惑，甚至夺取了自己儿子的妻子，历史上著名的杨贵妃。他让她成为自己的妃子，甚至达到类似皇后的地位。同时也有政治上的钩心斗角，妇女和太监在其中起到重要而持久的作用。这是一些有关权力的故事。男人们致力于从皇帝那里获得职位、利益和保护，而

---

① 《玫瑰之书》，中世纪诗人纪尧姆·德·洛里斯（Guillaume de Lorris, 1200—1238）和让·德·蒙格（Jean de Meung, 1240—1304）撰写的诗体作品，由21780行八音节的诗句组成。1230—1235年间，纪尧姆·德·洛里斯撰写了前4058行，1275—1280年间，由让·德·蒙格续写完成。讲述骑士对女子的爱，以及有关爱的哲学思考。《玫瑰之书》在当时获得巨大成功，有许多版本的手抄本。乔叟将部分章节译成英文，大大影响了英语文学。

这往往需要借助于宠妃和有权势的女性。这并非新鲜事：在古代中国的名著《三国志》中，激情起着重要的作用，而女性常常成为同谋，以她们的机灵和计谋，造成男性的不幸。

唐朝时期的新生事物，是情感的表达。作为女性在中国社会中占据较为有利地位的时代，这个时代的诗人对男女之间的关系有一种跟以往不同的看法。当然，还没有涉及男女平等的问题，我们离此还有很长的路要走。但是，爱能够磨平习俗的残酷，带来灵感和语言意义上的变化。对于有些诗人，比如说杜甫或李商隐，爱情首先是一种夫妻间的共患难，生活需要在家人——丈夫、妻子、子女——之间，共同分享。诗人为颂扬这种爱而写诗，遗憾没有足够的自由去享受这种爱。他们对皇帝的效忠迫使他们远离家乡，参加战争，或者遭遇流放。他们的许多诗中谈及这种情况，即分离的悲伤，以及思乡：那时的幸福是家庭内部的其乐融融，家庭是避风港，而距离带来痛苦，事实是无法与妻子在一起，看不到孩子的成长。毫无疑问，这一类充满悲伤和孤独的坦诚的诗歌非常令人感动。

尽管天性喜爱流浪，李白的内心深处也会因此而感到悲伤和失落，表达出没有成为好丈夫或好父亲的遗憾。

从某种意义上说，唐朝的诗歌完全与同时代贵族的风俗相对立，后者崇尚诱惑或性别间的等级。诗人们所描绘的情感更加贴近民众，表达对与他们一起分享生活的人们的真诚依恋，一种感恩、认同。对孤独的担心，与对背叛或彻底分离的恐惧夹杂在一起。诗人在很大程度上是家庭伦理的吟唱者，依然忠于儒家的伦理模式，与宫廷的放荡恰成反差。

女性本身就是唐玄宗时代文学艺术发生变化的缘由。在这个新的社会中，女性的重要性增加，男性权威的传统元素有所退缩。不同的宗教思想带来了一定的宽容。早在太宗的时代，就有玄奘完成了当时最为大胆的旅行之一，前往天竺寻找佛经。如前所述，这次旅行启发了中国最著名的小说之一，吴承恩的《西游记》。

大乘佛教的慈悲和爱心的观念，开始渐渐与从秦始皇帝以来的中国征战社会那种粗犷的英雄主义相融合。将这种融合跟中国贵族社会的女性化这一现象联系起来看，肯定是过分的，但是，有一点不容置疑，那就是这种佛教教义的传播，是由女性支持的。武则天在获得最高权力的时候，就在中国提倡佛教崇拜，建造大量的庙宇。我们可以看当时留下的一些著名佛像，那种沉思、女性化的神态，一反秦朝战士孔武有力的形象。

正是在诗歌之中，我们可以感受到这种变化。唐朝诗人谈情说爱。当然，在此之前，别的诗人也涉及同样的题材。我们可以在诗中读到同样的欲望，同样对短暂幸福的追求，同样受到美丽和青春的吸引。但是，在唐朝诗人的作品中，诞生了许多情感的戏剧，我们可以打破时空，称之为一种类似法国的马里沃戏剧中的情感。风俗中的某种自由，带来了情感上的共享和感官的自由。李白擅长向我们展现，他在自己的冒险途中，如何在葡萄酒和女性的陪伴中寻求欢乐的种种意象。对他而言，这些诱人和美丽的瞬间，大部分都是在路上随意获得的。这是一些日常生活中的场景，展现非常年轻的女子在河上荡舟，或者在南方，在南京或杭州的小酒肆中斟酒。他像使用拍立得一般，抓住青春的狂傲之美，他表现那些诱骗旅行者的美丽女孩的狡猾或挑衅的目光，然后又故作娇羞的姿态，他让我们听到一名不识字的歌女的雏凤新声，他让我们瞥见舞女在观众面前表演的舞蹈：她身着鲜艳的衣服，脸上化了红色的妆，还用眉笔画出了眉骨的弧度……

旅行者获得的奖赏，是与美的相遇。那是在疲惫的跋涉之后，忽然得到的惊喜：

东阳素足女，
会稽素舸郎。
相看月未堕，
白地断肝肠。

镜湖水如月，
耶溪女似雪。
新妆荡新波，
光景两奇绝。

（《越女词》其四、其五）

李白是一个来自西部的男人，又在四川的自由风俗中成长。他敢于承认自己对女性的喜爱，喜欢有女性的陪伴，喜爱女性的语言和姿态，喜欢自由的风俗。婚姻也未能让他平静、稳定下来。几次婚姻之间，他放弃了家的想法，继续冒险前行。在他决定过上比较理性的家庭生活时，他又做出儒家不可接受的行为之一：入赘在妻子的家中。他这样做，可能是为了表现出他对西部边疆的母系社会，西部少数民族的母系传统的依恋，因此与汉族的习俗背道而驰。他的一生，或者寄居在妻子的家中，或者在冒险中度过，去寻找与他性格相称的处境，或在流亡中生存。

诗人杜牧（803—852）将他作品很重要的一部分用于讴歌自己浪漫的旅行。他借用了每年只能相逢一次的牛郎与织女的爱情传说——那是两颗银河系中的星辰，何鼓二和织女一，被银河分开——写下的诗篇，可能是中国文学中最为"浪漫主义"的：

《秋夕》

银烛秋光冷画屏，
轻罗小扇扑流萤。
天阶夜色凉如水，
坐看牵牛织女星。

他还毫不犹豫地承认自己年轻时的轻佻生活,例如在他的诗《遣怀》中,他承认自己赢得了"青楼薄幸名"。他还写诗,赞扬一个非常年轻的女孩(十三岁!)的魅力,这比弗拉基米尔·纳博科夫笔下的亨伯特·亨伯特早了一千五百年!当然,十三岁,在中国古代,已经是一个年轻女孩刚刚可以结婚的年龄了:

《赠别·娉娉袅袅十三余》

娉娉袅袅十三余,
豆蔻梢头二月初。
春风十里扬州路,
卷上珠帘总不如。

《赠别》

多情却似总无情,
唯觉樽前笑不成。
蜡烛有心还惜别,
替人垂泪到天明。

相比之下,杜甫不追求享受,而是忠于儒家理想。当他旅行时,无论是为公务所迫,还是由于战争的驱使,他尽量陪伴妻子和子女,或者在见不到他们时，表达思念家人之情。尽管在物质上非常艰难，但这些时刻充满着天伦之乐，激发他写出一些美丽的诗篇，去吟诵他与家人度过的难得时光，比如当他住在成都一座简朴的草屋（被称为杜甫草堂）时。对于陷入战火困境的诗人来说，家庭之爱是战争暴力和社会动乱的解毒剂。这种感觉有时转瞬即逝，这使唐朝的诗离我们现代人很近，使这些诗人成为我们的同时代人。因为跟他们一样，我们知道，没有什么是永恒的，宝贵的时刻是短暂的。他们强烈地表达着这种笑声和眼泪的混合，在每首诗中，在每个场景中，表现着幸福与不幸之间的过渡。

在此分享唐朝的一些爱情诗，它们属于有史以来最美的诗篇。诗人们让人自己去感受情感，丝毫不强加于人。

李白《玉阶怨》

玉阶生白露，
夜久侵罗袜。
却下水晶帘，
玲珑望秋月。

一个肖像
一个简单的谜语

有谁更好地表达过一个女人的相思之苦？

她在卧室的台阶上度过夜晚

期待他的到来

这些大理石台阶上的白色露珠是什么？

夜，湿透了谁的丝绸拖鞋？

还有那落在你眼前的水晶珠帘？

透过薄纱，秋月

冬天已经开始，寂寞，绝望

主人遗弃的闺中妇。

她漫长地等待在透明的台阶上

渗入她的拖鞋、衣服、头发的露珠

在睫毛的边缘，泪珠滑落，

模糊了视野，扰乱了寒冷的夜

她爱的男人是善变的

秋天已经开始

月亮预示着衰落与衰老

不久以后就会是冬天，寂寞

王建《望夫石》

望夫处,江悠悠。
化为石,不回头。
上头日日风复雨。
行人归来石应语。

爱,岂是学者和贵族的特权
人性的爱
它使女人成为水边的石头
承受风雨
凝视
沉默,心忧
她要穿透流过的世界
找到她所爱之人

王建《新嫁娘》其三

三日入厨下,
洗手作羹汤。
未谙姑食性,
先遣小姑尝。

结婚才三天

她急于为婆婆做饭

让她对自己满意

让小姑成为自己的闺中好友

在新环境中生存下去

这是她的宿命,无处可逃

其他一切都是纯粹的想象,也许

作为女人的每一刻才是现实

张仲素《燕子楼》

楼上残灯伴晓霜,

独眠人起合欢床。

相思一夜情多少,

地角天涯未是长。

北邙松柏锁愁烟,

燕子楼中思悄然。

自埋剑履歌尘散,

　　　　红袖香销已十年。

　　　　适看鸿雁洛阳回，
　　　　又睹玄禽逼社来。
　　　　瑶瑟玉箫无意绪，
　　　　任从蛛网任从灰。

生与死

丈夫去世，再无歌声，再无琴声。漂亮的舞裙已十年未穿
每年春天，燕子都会回到墓地，而爱情被尘土笼罩在蜘蛛网中。

在《琵琶行》中，白居易表现的不仅是优雅，我们更可以读到诗人的挫败感：

　　　　十三学得琵琶成，
　　　　名属教坊第一部。
　　　　曲罢曾教善才服，
　　　　妆成每被秋娘妒。
　　　　五陵年少争缠头，
　　　　一曲红绡不知数。
　　　　……

弟走从军阿姨死,
暮去朝来颜色故。
门前冷落鞍马稀,
老大嫁作商人妇。
商人重利轻别离,
前月浮梁买茶去。
去来江口守空船,
绕船月明江水寒。
夜深忽梦少年事,
梦啼妆泪红阑干。

诗人被这名女子的故事所感动,他对她说:

莫辞更坐弹一曲,
为君翻作《琵琶行》。

这些话感动了女音乐家。她站了很久,没说一句话。她突然坐下,开始颤抖。用手指弹奏的琴声如此幽暗,如此悲伤。这首曲子与她以前演奏的音乐大为不同:

感我此言良久立,

却坐促弦弦转急。
凄凄不似向前声，
满座重闻皆掩泣。
座中泣下谁最多？
江州司马青衫湿。

她的音乐在水上回响，或许是《霓裳羽衣曲》？在她灵巧的手指下，音符像是屋顶上的雨声或柔和的水声。珍珠雨落在玉盘上，在花树间，莺声阵阵，在沙岸上，细水流淌……

她曾那么美丽，在音乐会上风光无限，然而，人生的秋天来到了，弟弟从军，生死未卜，待她不错的鸨母已死去，所有曾经拥挤在门前的人都不再光顾：

她嫁给了粗鲁而冷漠的商人
商人不解风情，为了生意而远走他乡

她回想起幸福的往昔
脸上的红妆上，流出一道道泪痕

目　光

真（真，现实）这个汉字很好地代表了中国文化赋予这个词的含义。它由代表词根的"目"组成：现实是眼睛可以看到的全部，其余的只是推测。这听起来似乎有些简化——尤其是对于接受过复杂的欧洲哲学培养的人。但是，以其简化的形式，这一关于"现实"的概念是具有根本性意义的。它是代表人性的一切的源头，涵盖艺术、文学、政治、道德和社会科学等领域。只有现实才是最重要的，而对真的寻求，是一切思想的目的。对中国人的思想来说，没有什么比类似"原罪"的想法更为陌生的了，对于他们来说，一种在整个发展历史中都必须去付出代价的"罪"是不可思议的。从中国构成帝国起，对权力的限定就确立了。孟子（孟轲）在公元前三百多年就宣扬："民为贵，社稷次之，君为轻。"因此，在整个历史中，中国通过其诗人和哲学家的声音，重申了人的绝对崇高地位，人享

董强，杜甫《见萤火》

［五代］周文矩（活跃于10世纪中叶），《仕女玉兔图页》（局部）
华盛顿弗利尔美术馆（美）

［明］仇英（1497—1552），《人物故事图册》（局部），41.4 x 33.8 cm
北京故宫博物院

[元]赵雍(1289—1369)、张渥(?—1356),《竹西草堂图》,877 x 27 cm
辽宁省博物馆

有正义和平等的权利。首先是孔子、庄子、墨子等伟大的思想家，然后是作家、诗人、历史学家。这种现实的思想从未否认过想象、幻想、神话和虚幻的可能性，但总是使它服从于智力的清晰性和理性检验的必要性。

这正是唐诗的现代性。以至于尽管我们与唐诗之间隔了一千五百年，但它们与我们却是如此相近。无论诗人的冒险经历如何，无论命运如何，都必须始终贴近现实，回到当下。即使当他试图得道成仙的时候，他也必须首先是一个人。有时候，诗人会去想象另一个时代——如李白或李商隐那样，提到人的未来——然而，那也只是一个无法实现的愿望，一个不持久的梦想，一个短暂的隐喻。

唐代诗人之所以跟我们如此亲近，正是因为他们的脆弱和弱点：他们有时渴望获得重要的社会地位，并且还得到了；他们经常要经历种种纷乱，他们的艺术才华与名声有时可以保护他们（也会有他们为之服务的人的保护），但归根到底他们依然是一些并不重要的人。平头百姓。他们有时因为很小的原因——同行的嫉妒，一时的任性——就被宫廷摈弃，流放，甚至被处以死刑。

唐朝的艺术是一种现实的艺术：时代的艰辛，外加不断的战争，使生活变得岌岌可危。李白、杜甫或白居易等诗人都有过这种经历。他们饥饿，他们为家人担忧，他们为了自救，总是在不断被调迁，总是在路上。这是这个时代的悖论，无疑也增强了灵感的来源。诗歌既要实现最高的技巧要求，配得上悠久的语言和文化，同时又要反映日常生活的真相，人们每时每刻都在生活着的真相。

杜甫与李白的友谊

　　杜甫与李白之间的友谊是唐代文学史上最为动人的佳话之一。很难想象两个人的性格可以更加不同,生活方式可以更加对立:李白是冒险家,热爱自由,追求个人荣耀,面对美酒的诱惑无法自控,幻想进入神仙的居所。他"虽长不满七尺,而心雄万夫"。他知道自己有天才,这给了他那种可以藐视人的自信,也容易让女性心动。相反,杜甫是一个谦逊、理性、羞涩的人,虽然他知道如何在逆境中勇敢前行。他深信必须有责任感,无论是对皇帝,还是对家人。如果说,他也是一个流浪之人,那是因为他生活的时代充满了不确定性与灾难,而一个失却保护的人,只能在颠沛或逃亡中找到救赎。与李白不同的是,当他在动荡中,可以与家人在成都一座简陋的茅草屋中找到避难所时,杜甫比任何时候都要快乐。那是一个相对偏僻之处,周围有一片竹林,靠近一条小溪,更像是一个隐修之地,而非名人雅士的居所。但他在那里感觉很好，并设想，假如时局不迫使他离开，那应是他的首选之地。他在那里写下了他最美的七律之一，《见萤火》：

> 巫山秋夜萤火飞，
> 帘疏巧入坐人衣。
> 忽惊屋里琴书冷，
> 复乱檐边星宿稀。
> 却绕井阑添个个，
> 偶经花蕊弄辉辉。
> 沧江白发愁看汝，
> 来岁如今归未归。

他们两人之间，几乎是一种不太可能的友谊，因为他们并非同代人。当他们在公元744年相识时，杜甫只有三十三岁，生活的阅历还不是很丰富，还需受到父亲的保护。而李白已经四十四岁了，也就是说，在中国古代，他已经是一个成熟的男人——他与家人分离，经历了人生的艰难历程——最重要的是，他有着杜甫一生都没能获得的名人光环。然而，彼此之间的好感是立刻就产生的，而且他们马上相约，一同游历了洛阳附近一个风景如画的地方。另有一位诗人，高适，与他们一同游览。第二年，他们再次见面，并在鲁东的山区结伴旅行。这一次，他们同行了好几个月。但是，在这次相聚之后，由于生活的沧桑变化，他们再也无缘相见了。这次旅行使杜甫终生难忘，而且终其一生，他都是李白真正的仰慕者。他写诗寄给他，在诗中表达他对李白的思念和回忆。四海为家的李白给他的回信很少，但他写给杜甫的不多的几首诗，却表明他非常了解他的朋友，正如下面这些"俏皮"的诗句所表现出来的，在友情中混杂着调侃（有人将此诗视为伪作）。诗中如漫画般地提到杜甫身体的瘦弱，那是因为杜甫身心过于投入创作，为追求诗的完美而形容憔悴：

《戏赠杜甫》

饭颗山头逢杜甫，
顶戴笠子日卓午。
借问别来太瘦生，
总为从前作诗苦。

毫无疑问，这两个男人之间的友谊是真切的，也许因为他们非常互补。李白是道家思想的倡导者，充满热情，被诗魔（和酒魔）所占据。他的灵感是自发的、本能的。根据需要，他可以即兴创作出几首绝句来赞美一名妃子的美丽，或者颂扬一名在客栈的院子里载歌载舞的风尘女子那种美丽而未免低俗的风致。他还可以拒绝创作，谢绝邀请，即便招来大人物的忌恨。而杜甫则是道德严谨的典范，是儒家的榜样。他意识到诗人的角色和功用，知道必须极尽努力，方能创作出形式完美、内容崇高的诗来。两人都曾效力君王，并在抵抗蛮族的威胁时，勇气可嘉。但是，如果说李白一直都没有放弃追求为朝廷效力，因为他自视甚高，而且偏爱行动，那么，杜甫知道，他永远都无法真正接近权力，因为他不属于特权阶级。他用自己这种仕途上的失败，来保持自己作为观察者的批判角色，并在诗中体现深刻的思想。

他们性格迥异，却能走到一起，这显然是因为对诗歌的共同热爱。即便在最困难的情况下，他们也都不放弃创作。即便当他们都需要在叛军逼近的时候不断逃生，即便在狱中，即便面临死亡的危险。他们不停地作诗，一个总是在兴奋状态中，另一个总是在苦吟中，带着严谨的态度，对诗歌规则的尊重，以及对语言的高度驾驭。他们从不粗制滥造。对于他们来说，诗是他们唯一可以接受的高贵，因为那是伴随他们的才华和心血的特权。同时，诗歌使他们可以诉说哀怨，抒发欲望，表现他们在现实中找不到的希望。如果说，他们的诗脍炙人口——他们在世时就已受欢迎，但更多是在后来的中国历史上——那么，并非他们代表了民众，而是因为他们找到了最好的词语，表达出日常生活的真理，将其升华，并使其永恒。这就是唐代的艺术力量。也许，在世界历史上，文学首次实现了这样一种高度的独立性。

诗印证了他们的友谊。当杜甫得知李白要流放夜郎时,他非常担心李白会死去,以至于有一天晚上,李白出现在了他的梦中。好兆头还是坏兆头?杜甫留下了中国诗歌中最感人的友情的证明之一:

死别已吞声,
生别常恻恻!
江南瘴疠地,
逐客无消息。
故人入我梦,
明我长相忆。
恐非平生魂,
路远不可测。
魂来枫林青,
魂返关塞黑。
君今在罗网,
何以有羽翼?
落月满屋梁,
犹疑照颜色。
水深波浪阔,
无使蛟龙得。

(《梦李白》其一)

作为深受道家思想影响的人，李白要豁达得多。这也许可以解释，为什么面对杜甫的信件，他的回信却很少。然而对于友情，李白的理解同样真挚：

> 青山横北郭，
> 白水绕东城。
> 此地一为别，
> 孤蓬万里征。
> 浮云游子意，
> 落日故人情。
> 挥手自兹去，
> 萧萧班马鸣。

（李白《送友人》）

杜 甫

公元712年,杜甫出生于长安,时为睿宗(李旦)统治期间。就在这一年,皇帝退位,把皇位让给他的第三个儿子,被后世称为唐明皇的李隆基。杜甫所处的中国,受到了佛教的影响(武则天女皇推行佛教,杜甫的父亲经历了武则天的统治时期)。后来的唐朝朝廷会对这种佛教的影响产生反弹,出现驱散僧侣、摧毁寺庙的运动。

在杜甫的童年时期,唐朝帝国与西边日益强大的吐蕃和拨汗那(今中亚地区的费尔干纳,唐人以一个汉化的名字,称之为"大宛")产生冲突。当然只是一些小范围的冲突,而非战争。整体的氛围让国人时有不安。在玄宗的统治下,征战一直持续,直到西部相对和平。杜甫很早开始旅行,二十岁那年就去了吴越地区。二十四岁那年,他赴长安赶考。但他失败了。十年后,他再次赶考,再次失败,并留在了长安。到了751年,他终于被接受,成为一名小官。实际上，他一生都未能担任重要的职位。

在这里，我们又一次可以看到杜甫与李白不同的地方。李白不愿参加朝廷考试，却尽可能地接近权力，甚至希望成为皇帝的军事顾问，杜甫则满足于通过写诗来完成他的使命，叙述包括一些边远省份如四川、宁夏的民情。他描写高山的壮丽，描写草原上的冬季，赞美来自费尔干纳（大宛）的骏马之美：

> 胡马大宛名，
> 锋棱瘦骨成。
> 竹批双耳峻，
> 风入四蹄轻。
> 所向无空阔，
> 真堪托死生。
> 骁腾有如此，
> 万里可横行。

（《房兵曹胡马诗》）

杜甫的诗作《画鹰》，强调了动物界的高贵、美丽。动物本能的残酷与人类的残酷有很大的不同：

> 素练风霜起，

苍鹰画作殊。

攫身思狡兔，

侧目似愁胡。

绦镟光堪摘，

轩楹势可呼。

何当击凡鸟，

毛血洒平芜。

跟李白一样，杜甫历经了艰辛的磨难，经历了安史之乱。他所遭受的苦难，应该比李白更多，因为他还不得不养家糊口。他面临了最可怕的事：当他回到家中，发现自己的一个儿子竟已经饿死（"幼子饿已卒"）！这场战争使他伤心受苦，不是因为它消解了现有权力，威胁到了他的个人野心，而是因为它造成了大饥荒，生灵涂炭，饿殍遍野。他在诗歌中使用的意象，无论是母亲的抱怨，孩子的哭泣，都是非常真实的。他用它们来谴责战争。与李白不同的是，他不是策士，更不是战士，而是见证者。

杜甫的最后几年也一直都在流浪。他与家人先是途经重庆，后又暂居位于三峡地区的夔州，在那里写下了著名的《秋兴八首》。公元770年底，他决定回到重归和平的洛阳，但他在船上的漂泊之旅终止于潭州（今长沙），在那儿他可能死于疟疾。那年他才五十九岁。他的儿子在路上为他找了一块临时的墓地。

　　杜甫去世后，虽有韩愈和白居易这样的重要人物对他表示钦佩，但他几乎被遗忘。是宋代的诗人们，尤其是苏东坡，重新唤起了对他的记忆，盛赞他是那一代人中伟大的诗人。从某种意义上说，他身后的荣耀远比他在世时的名声大。也许，那是因为，他虽然缺乏那些宫廷作家的才思敏捷和轻松文风，但是，他所传递的带有神秘主义的诗歌启示，以及他对他所处时代的问题的深入探究，赋予了他一种普遍的价值。

同　情

　　杜甫的作品中充满了同情心。从某种意义上说，这种情感将成为唐诗的特征。在他们之后，中国诗律的卓越成就，一种促进文学创作的精神杂技，有时甚至到了极致——李白可以信手拈来，杜甫为之苦吟——所有这些，都将随着时间的推移而逐渐减弱，直至宋朝的来临。在这批绝代风华的诗人之后的诗人们，将逐渐放弃使唐诗令人痴迷的人工美。他们将以一种更加随意、更加写实的方式写诗，因为社会也变得更为世俗，生存成为首要的问题。为了能在宫廷中得到重要职位必须进行的考试，将失去其传奇般的光环。唐朝以后，无论是宋朝还是以后的朝代，人们将逐渐放弃在考试中考核诗才这一部分，更多强调个人志向的表达。中国和世界上的任何其他国家，都永远不会再经历如此的文学辉煌。

　　杜甫在他那个时代的文学中起到了什么作用？即便他不是真

正的先驱者——在他之前的其他伟大诗人,也谈及战争和人民的苦难——但他依然是最能表达这种忧患的人。

他是以战争为主题的诗人。不是去称颂战争的荣光,而是揭示战争对和谐的破坏。战争落到了民众的头上,他们被迫接受,而帝王则放弃战斗,走上了逃亡之路。

《兵车行》

车辚辚,马萧萧,
行人弓箭各在腰。
爷娘妻子走相送,
尘埃不见咸阳桥。
牵衣顿足拦道哭,
哭声直上干云霄。
道旁过者问行人,
行人但云点行频。
或从十五北防河,
便至四十西营田。
去时里正与裹头,
归来头白还戍边。
边庭流血成海水,
武皇开边意未已。

君不闻汉家山东二百州，
千村万落生荆杞。
纵有健妇把锄犁，
禾生陇亩无东西。
况复秦兵耐苦战，
被驱不异犬与鸡。
长者虽有问，
役夫敢申恨？
且如今年冬，
未休关西卒。
县官急索租，
租税从何出？
信知生男恶，
反是生女好。
生女犹得嫁比邻，
生男埋没随百草。
君不见，青海头，
古来白骨无人收。
新鬼烦冤旧鬼哭，
天阴雨湿声啾啾！

战争的经历激发杜甫写出了一首最美、最真实、最凄惨的诗。在诗中,他描述了自己亲眼看见的一幕。当时,征兵的人来到他借宿的山村:

《石壕吏》

暮投石壕村,
有吏夜捉人。
老翁逾墙走,
老妇出门看。
吏呼一何怒!
妇啼一何苦!
听妇前致词:
三男邺城戍。
一男附书至,
二男新战死。
存者且偷生,
死者长已矣!
室中更无人,
惟有乳下孙。
有孙母未去,
出入无完裙。

老妪力虽衰,

请从吏夜归,

急应河阳役,

犹得备晨炊。

夜久语声绝,

如闻泣幽咽。

天明登前途,

独与老翁别。

　　战争需要新鲜的肉,血,士兵。招募者的叫声,是猛禽的叫声!老妇人的哭泣,痛苦的哭泣!

　　杜甫所写的,虽然距我们一千三百年,仍然以同样的力量引起我们的共鸣。

　　面对征兵者的残酷,老妇人准备牺牲自己,去补士兵的空缺。她擅长烹饪,既然他们需要一个人,那么,也可以充数。

　　谁说战争是美好的?英雄在哪里?

　　作为冒险家的李白,仗剑而行的壮士,当他看到生活在贫困中的小老百姓、农民,精心为行旅之人提供食物,也感到同情和怜悯。

《宿五松山下荀媪家》

　　我宿五松下，

　　寂寥无所欢。

　　田家秋作苦，

　　邻女夜舂寒。

　　跪进雕胡饭，

　　月光明素盘。

　　令人惭漂母，

　　三谢不能餐。

同情心弥漫了杜甫的所有诗作，跟他因时光流逝、青春不再，以及无力改变历史进程而感到的遗憾和感叹糅合在一起。在他写于岳阳楼上的诗中，他表达了自己身体变弱，心情绝望，就像慢慢熄灭的光：

　　昔闻洞庭水，

　　今上岳阳楼。

　　吴楚东南坼，

　　乾坤日夜浮。

　　亲朋无一字，

老病有孤舟。
戎马关山北,
凭轩涕泗流。

(《登岳阳楼》)

　　杜甫有一匹骏马,他曾骑着它四处旅行,然而,眼睁睁地,这忠实的伴侣即将死去——这是不是第一次有诗人为他的马作诗,就像十九、二十世纪的耶麦[①]为他的驴写诗?他写道:

乘尔亦已久,
天寒关塞深。
尘中老尽力,
岁晚病伤心。
毛骨岂殊众?
驯良犹至今。
物微意不浅,
感动一沉吟。

(《病马行》)

---

① 耶麦(Francis Jammes,1868—1938),一译弗朗西斯·雅姆,法国十九世纪末、二十世纪初著名诗人、小说家、剧作家和评论家,讴歌大自然中的生活,《我爱驴》是他的名作之一。

杜甫为他的马写下颂歌，也许也是为了他自身，因他想到了自己多年的流浪、痛苦、流放和孤独。就他自己而言，当他发高烧，躺在地上浑身发抖的时候，会不会有一个朋友，一个士兵看视他？

他并非出于自怜自艾而感到孤独，感到痛苦，而是因为整个世界都已经变成一个被遗弃的暴力之地：

《独立》

空外一鸷鸟，
河间双白鸥。
飘飖搏击便，
容易往来游。
草露亦多湿，
蛛丝仍未收。
天机近人事，
独立万端忧。

幸福一去不复返的念头，困扰着他的流浪生活。有一夜，在鄜州，明月高照：

《月夜》

今夜鄜州月，

闺中只独看。

遥怜小儿女,

未解忆长安。

香雾云鬟湿,

清辉玉臂寒。

何时倚虚幌,

双照泪痕干。

杜甫擅长表达人的犹豫,脆弱。一种佛教般的怜悯和同情——也许是从他父亲那里继承下来的——是他内心活动的回声,在他的内心斗争,交替,迟疑。

在杜甫之后,诗人李商隐在这荒芜和死亡的时代,也表达了这种无限的孤独感:

草下阴虫叶上霜,

朱栏迢递压湖光。

兔寒蟾冷桂花白,

此夜姮娥应断肠。

(《月夕》)

为了寻找永生不老药，嫦娥被罚永久居住在广寒宫中，唯有捣药的兔子（或者蟾蜍）陪伴着她。难道这不是人类境遇的寓言？

女　性

人们有关中华文明是一种大男子主义的文明的观念，需要改变。

即便自公元前二世纪以后，由于大学者董仲舒的建议，汉武帝开始独尊儒术，它也仅代表了中国的一个方面。这是与中国的汉族的权力联系在一起的。但是，在中国，还有许多其他的组成部分，它们与不同的民族、不同的哲学观念有关，有时甚至与独特的宇宙观有关。比方说，汉族的女娲神话的世界创造说，与满族的人类起源的神话差别很大。

这种多样性源于中国领土的广袤。在唐朝，中国比以往任何时候都更辽阔。它从东北海岸（靺鞨人和高丽人的所在地）一直延伸到西部的蛮族地区，越过了铁门关，超出了费尔干纳，到达如今那些以"斯坦"结尾的国家，吉尔吉斯斯坦、哈萨克斯坦、乌兹别克斯坦、土库曼斯坦。它的南部边界包括北圻和安南，西北边界包括蒙古草原广阔的戈壁,其权威扩展到了喜马拉雅山。这个庞大的帝国由延续的家族统治,立足于两个首都,分别是西部的长安(西安)和东部的洛阳。

在这个多元、多方言的社会中,极其多样的影响同时并存。一方面,是孔子为首的儒家的家长制的发展;另一方面,以老子和庄子为代表的道家哲学思想也得到了发展,还有墨子的社会慈善理念。而且,从公元五世纪开始,佛教的影响力开始增强,尤其是到了玄奘那里,他从天竺带回了佛教经典。

我们前文已经看到,在经历了秦朝的危机之后,中国社会中妇女的地位有所加强。

有两位女性,对唐朝的历史起到了重要影响:武则天,中国唯一的女皇(690—705年在位);杨贵妃,其传奇而悲惨的命运,启发了唐朝的诗人,尤其是杜甫和白居易。

有关武则天夺取权力的传说,是事实和恐怖故事的混合体——她残酷地杀害了自己的女儿,她对皇后和萧淑妃进行报复,据说是通过将其淹死在酒缸中。这个女人的故事非常神奇。在太宗的后宫中,她起初是个不重要的妃子。太宗另外还有诸多嫔妃,但是她知道如何去引起皇帝的注意。她成功地引诱了未来的君主,直到成为他最宠爱的妃子,正式的妻子。她对男人的控制——在太宗那里不太成功,但在高宗那里颇有成效——被视为在宫廷里嫔妃产生有害影响的例子，但无疑，这样的传说，很可能是因为历史学家们不愿接受女人的权威，从而加以夸张而形成的。事实上，在武则天统治时期，朝廷通过平衡账目和减少税收，改善了农民的状况。随着"丝绸之路"的恢复，贸易可以一直从长安到里海，与国外的贸易可以在边界的和平中繁荣发展。她的十五年统治——她命名为"周"朝——也有利于中国佛教的发展。之后的统治者一度摧毁了许多寺庙，禁止佛教信仰，但武则天的佛教理想，在一些令人赞叹的佛像，尤其是弥勒佛中，得以保留①。这些佛像以她为原型，但其中表达出的一种女性的柔美和优雅，也许并不完全是她本人身上的品质。

如果说，这位女皇帝并没有启发太多的唐朝诗人为她写诗，那么，另一位女性，则为这一时代打上了印记，那就是杨贵妃。她是李白、杜甫，尤其是白居易特别写诗记录的。

这位与众不同的女子，直到今天，还依然栩栩如生。这要归功于这些诗人。诗人们一致称赞她以及她三个姐妹罕见的美丽。她的姐妹们也都被皇帝册封，分别称为韩国夫人、虢国夫人和秦国夫人。尽管她父亲的职位并不高，但由于其家族的荣耀历史，她很小就成为中宗皇帝的儿子寿王的妻子。玄宗把她从寿王那里夺走，成为贵妃，几乎拥有皇后的地位，从而确定了一种几乎是乱伦的事实。当

---

① 弥勒佛也被称为"未来佛"，体现了慈悲的美德。据传，武则天这位超前的女权主义者，要求把佛像表现为女性，工匠们根据她的面部特征雕刻了佛像。

玄宗出逃的时候，她被悲惨地抛弃在逃生的路上。有的说法是安禄山的叛军在长安皇宫的花园里用刀杀死了她。另一个版本则更为残酷，说她是被皇帝赐死。李白在一首诗中称颂了她的美貌，这首诗留在了每个中国人的记忆中。在《清平调》（也叫《牡丹》）中，他将杨贵妃的美与牡丹花进行比较，但同时，他也将杨贵妃的美跟汉代皇帝的妃子赵飞燕的美进行了比较。这样的做法极具风险，令杨贵妃不悦，导致了李白失宠，以至于他最后远离首都。

杜甫则出于道德的立场，在题为《丽人行》的长诗中，批评了杨贵妃。然而，真正启发这些唐朝诗人的，还是这些女性脆弱的生存状况，以及她们失宠时的孤独感。

李白的一首诗表现了这种爱情的脆弱性。一个女人在爱她的男子出门远行时，有一种被抛弃的感觉：

> 燕草如碧丝，
> 秦桑低绿枝。
> 当君怀归日，
> 是妾断肠时。
> 春风不相识，
> 何事入罗帏？

（《春思》）

有女子对自己的命运感到失望，自叹身世：

十四为君妇，

羞颜未尝开。

低头向暗壁，

千唤不一回。

十五始展眉，

愿同尘与灰。

常存抱柱信，

岂上望夫台。

(《长干行》节选)

王昌龄也会在诗中谈到女性的孤独感：

《闺怨》

闺中少妇不知愁，

春日凝妆上翠楼。

忽见陌头杨柳色，

悔教夫婿觅封侯。

爱情与忠诚激发了唐代最美丽的诗篇，这些诗都冲破了那些削弱感情的诗歌陈规，以及后来波斯诗歌或行吟诗人的歌谣都会难免的陈词滥调。杜甫和白居易也许在爱情与忠诚中看到了男性社会的自私和占有欲的反面。在这个充满战乱的时期，寂寞成了女性的日常，无处不在，就像无望的后悔。李益在带有讽刺意味的短诗《江南曲》中表达了这一点：

> 嫁得瞿塘贾，
> 朝朝误妾期。
> 早知潮有信，
> 嫁与弄潮儿。

还有李端，他表达了一名演奏古筝的女子的苦涩和期待：她故意弹错音符，好让主人把目光转向她，就像三国时的元帅周瑜一样。因为周瑜即便是在与宾客很投入地交谈的情况下，也能觉察到乐师的失误，并将视线转向乐师：

> 鸣筝金粟柱，
> 素手玉房前。
> 欲得周郎顾，
> 时时误拂弦。

（《听筝》）

诗人白居易根据杨贵妃及其姊妹的命运，写下了唐朝最美的诗篇之一。从这个女人被皇帝宠爱有加，然后又被他遗弃的悲惨故事中，从她因叛军而悲惨死亡的命运出发，他创造了一个浪漫的传奇。这个传奇直到如今，依然活在人们的记忆中，被画家和作家们所接受——还有电影导演，如日本导演沟口健二的电影《杨贵妃》。这首诗的名字叫《长恨歌》：

汉皇重色思倾国，
御宇多年求不得。
杨家有女初长成，
养在深闺人未识。
天生丽质难自弃，
一朝选在君王侧。
回眸一笑百媚生，
六宫粉黛无颜色。
春寒赐浴华清池，
温泉水滑洗凝脂。
侍儿扶起娇无力，
始是新承恩泽时。

云鬓花颜金步摇，
芙蓉帐暖度春宵。
春宵苦短日高起，
从此君王不早朝。
承欢侍宴无闲暇，
春从春游夜专夜。
后宫佳丽三千人，
三千宠爱在一身。
金屋妆成娇侍夜，
玉楼宴罢醉和春。
姊妹弟兄皆列土，
可怜光彩生门户。
遂令天下父母心，
不重生男重生女。
骊宫高处入青云，
仙乐风飘处处闻。
缓歌慢舞凝丝竹，
尽日君王看不足。

然而，战争中止了杨贵妃和唐玄宗的爱情。皇帝的禁军愤恨这名女子介入国家事务，并对皇帝产生不好的影响，所以逼迫皇帝必须放弃她,才肯继续效忠。在前往成都的路上,杨贵妃被所有人抛弃,失却了一切支持,在马嵬坡死去。

> 渔阳鼙鼓动地来,
> 惊破霓裳羽衣曲。
> 九重城阙烟尘生,
> 千乘万骑西南行。
> 翠华摇摇行复止,
> 西出都门百余里。
> 六军不发无奈何,
> 宛转蛾眉马前死。
> 花钿委地无人收,
> 翠翘金雀玉搔头。
> 君王掩面救不得,
> 回看血泪相和流。
> 黄埃散漫风萧索,
> 云栈萦纡登剑阁。
> 峨嵋山下少人行,
> 旌旗无光日色薄。
> 蜀江水碧蜀山青,
> 圣主朝朝暮暮情。

行宫见月伤心色,
夜雨闻铃肠断声。
天旋地转回龙驭,
到此踌躇不能去。
马嵬坡下泥土中,
不见玉颜空死处。
君臣相顾尽沾衣,
东望都门信马归。
归来池苑皆依旧,
太液芙蓉未央柳。
芙蓉如面柳如眉,
对此如何不泪垂。
春风桃李花开夜,
秋雨梧桐叶落时。
西宫南苑多秋草,
落叶满阶红不扫。
梨园弟子白发新,
椒房阿监青娥老。
夕殿萤飞思悄然,
孤灯挑尽未成眠。
迟迟钟鼓初长夜,

[唐]卢舍那大佛,龙门石窟造像
河南省洛阳市

[明]郭诩（1456—1532），《琵琶行图》（局部），154 x 46.6 cm
北京故宫博物院

锦瑟无端五十弦，一弦一柱思华年。庄生晓梦迷蝴蝶，望帝春心托杜鹃。沧海月明珠有泪，蓝田日暖玉生烟。此情可待成追忆，只是当时已惘然。

李商隐锦瑟诗 董强书

董强，李商隐《锦瑟》

[五代]周文矩（传），《婴戏图》
华盛顿弗利尔美术馆（美）

耿耿星河欲曙天。
鸳鸯瓦冷霜华重,
翡翠衾寒谁与共。
悠悠生死别经年,
魂魄不曾来入梦。

然而,皇帝听说在海上存在一座仙岛,可能有希望重见他的爱妃。

临邛道士鸿都客,
能以精诚致魂魄。
为感君王辗转思,
遂教方士殷勤觅。
排空驭气奔如电,
升天入地求之遍。
上穷碧落下黄泉,
两处茫茫皆不见。
忽闻海上有仙山,
山在虚无缥缈间。
楼阁玲珑五云起,
其中绰约多仙子。

中有一人字太真,
雪肤花貌参差是。
金阙西厢叩玉扃,
转教小玉报双成。
闻道汉家天子使,
九华帐里梦魂惊。
揽衣推枕起徘徊,
珠箔银屏迤逦开。
云鬓半偏新睡觉,
花冠不整下堂来。
风吹仙袂飘飖举,
犹似霓裳羽衣舞。
玉容寂寞泪阑干,
梨花一枝春带雨。
含情凝睇谢君王,
一别音容两渺茫。
昭阳殿里恩爱绝,
蓬莱宫中日月长。
回头下望人寰处,
不见长安见尘雾。
惟将旧物表深情,

钿合金钗寄将去。
钗留一股合一扇，
钗擘黄金合分钿。
但教心似金钿坚，
天上人间会相见。
临别殷勤重寄词，
词中有誓两心知。
七月七日长生殿，
夜半无人私语时。
在天愿作比翼鸟，
在地愿为连理枝。
天长地久有时尽，
此恨绵绵无绝期。

其他有许多女子，其悲惨的命运也启发了唐朝的诗人，比如梅妃的故事，唐玄宗因杨贵妃而冷落了她。而白居易在他的诗《上阳白发歌》中，尤其提到了在洛阳的一座宫殿中被遗弃的一名女子，历经了多年的寂寞：

……

忆昔吞悲别亲族，

扶入车中不教哭。
皆云入内便承恩,
脸似芙蓉胸似玉。
未容君王得见面,
已被杨妃遥侧目。
妒令潜配上阳宫,
一生遂向空房宿。
宿空房,秋夜长,
夜长无寐天不明。
耿耿残灯背壁影,
萧萧暗雨打窗声。

对于诗人来说,这位被遗弃的女人最值得同情:

外人不见见应笑,
天宝末年时世妆。
上阳人,苦最多。
少亦苦,老亦苦,
少苦老苦两如何!
君不见昔时吕向《美人赋》,
又不见今日上阳白发歌!

李商隐也会被无法实现的爱情传奇所感动。在一首诗中，他隐隐表达了被横刀夺爱的寿王的寂寞：

　　龙池赐酒敞云屏，
　　羯鼓声高众乐停。
　　夜半宴归宫漏永，
　　薛王沉醉寿王醒。

（《龙池》）

白 居 易

白居易属于另一个时代。他生于公元772年，李白和杜甫均已过世。他没有经历安史之乱的惨烈岁月，但他在童年时期亲眼看见了这场战争所造成的后果：混乱、饥荒、贼匪滋生。与高宗和玄宗统治时期最大的不同是，到了白居易那里，战争与生活的艰难已经被内在化了，它们转化为一种乐天的姿态，掩饰了焦虑感，以及急于生活的迫切感，就像他在《昼卧》一诗中所说：

抱枕无言语，
空房独悄然。
谁知尽日卧，
非病亦非眠。

白居易在诗中谈及自己的生活,他对第一个女儿金銮子的回忆,那是他在颠沛流离中的定心丸:

《金銮子晬日》

行年欲四十,
有女曰金銮。
生来始周岁,
学坐未能言。
惭非达者怀,
未免俗情怜。
从此累身外,
徒云慰目前。
若无天折患,
则有婚嫁牵。
使我归山计,
应迟十五年。

然而,小金銮子的命运与他所想的大不一样,早早夭折了:

《念金銮子》

衰病四十身,

娇痴三岁女。
非男犹胜无，
慰情时一抚。
一朝舍我去，
魂影无处所。
况念天札时，
呕哑初学语。
始知骨肉爱，
乃是忧悲聚。
唯思未有前，
以理遣伤苦。
……

白居易的诗如杜甫一样，谈及日常生活，平民百姓的苦难，强调普通民众与君主和郡守们之间的巨大鸿沟。在某种程度上，他的诗复兴了孟子的理想，并传递佛教的同情和智慧。虽然现实很艰难，但现实也并不总是悲惨。白居易描绘了一个既不公平又有趣的社会，在这个社会中，人们必须懂得如何生存，就像一位在长安的一个花市上受到刺激的愤怒老人。

那是在一个美丽无比的花市里：

帝城春欲暮，
喧喧车马度。
共道牡丹时，
相随买花去。
贵贱无常价，
酬直看花数。
灼灼百朵红，
戋戋五束素。
上张幄幕庇，
旁织笆篱护。
水洒复泥封，
移来色如故。

围观者只顾看着美丽的花束，很少注意到一名老人，一个在人群中迷路的农民。

那是一位从乡下来的老农，正好穿过花市。他低下头，发出一声叹息。无人理解他的叹声。他想到的是：

一丛深色花，
十户中人赋！

反对战争的白居易没有去写歌颂将军或伟大英雄的诗篇。在一首关于战争的诗《新丰折臂翁》中,他谈到一名逃避天宝战争(742–756)时征兵的老人。那次战争造成了二十余万人丧生。他拿石头砸了自己胳膊,从而侥幸躲过了死亡。但他并没能逃脱受伤的痛苦,也没能摆脱面对数万名捐躯的士兵时的悔恨。

> 老人言,君听取。
> 君不闻开元宰相宋开府,
> 不赏边功防黩武。
> 又不闻天宝宰相杨国忠,
> 欲求恩幸立边功。
> 边功未立生人怨,
> 请问新丰折臂翁。

拒绝去赞美强者的虚弱和残酷,是这一时代诗歌的力量。在封建时代,在世界上哪一个其他国家可以找到富有如此胆略的例子?

又有谁,在战争的冲突中,会为被打败的敌人生出怜悯之心?在长诗《缚戎人》中,白居易向我们讲述了一群被锁链铐住的戎人的故事。这群俘虏的队列被朝廷从首都长安遣送到南方：

> 缚戎人，缚戎人，
> 耳穿面破驱入秦。
> 天子矜怜不忍杀，
> 诏徙东南吴与越。
> 黄衣小使录姓名，
> 领出长安乘递行。
> 身被金创面多瘠，
> 扶病徒行日一驿。
> 朝餐饥渴费杯盘，
> 夜卧腥臊污床席。
> 忽逢江水忆交河，
> 垂手齐声呜咽歌。

这群人当中，有一名囚犯，是一个当年被胡人绑架的秦人，他被与其他人混淆在一起，没有人关注他。诗人通过他的嘴，表达了战争的荒谬。在人类的诗歌史上，能找到类似的例子吗？

> 缚戎人，
> 戎人之中我苦辛。

自古此冤应未有，

汉心汉语吐蕃身。

一方面是一连串的战争和罪行，公共事务上残酷的不公正，人民背负着沉重的税收和徭役；而另一方面，在宫廷、官府则是充满了华宴和歌舞升平，这激发了中、晚唐诗人的灵感，他们通过诗歌表达出反抗。白居易是他们的代表。比如，在下面这首寓言讽刺诗中，我们可以看到民众就像是一头拉着沉重的车的官牛，被迫昼夜工作，运输挖河的沙子。而皇帝派来的大臣，则冷漠地看着这个场景，穿着最好的服装，坐在华丽的椅子上：

昨来新拜右丞相，

恐怕泥涂污马蹄。

右丞相，

马蹄踏沙虽净洁，

牛领牵车欲流血。

右丞相，

但能济人治国调阴阳，

官牛领穿亦无妨。

(《官牛》)

牛勉强拉着沉重的车，直至流血，而大臣关心的，是不要弄脏了自己的坐骑。诗人发出民众的诉求：大臣若是关心朝政，治理好国家，让阴阳和谐，那么，即便牛的脖子被磨伤也无妨啊！

优 雅

　　唐代诗歌中令人惊讶的是那种奇妙的反差：一方面是统治的森严，战争，暴力，统治者的残酷，另一方面，则是细腻、微妙，诗句的美妙，灵感的优雅和文字的雅致。诗人们本身就是这种矛盾对立的例子。作为流浪者、冒险家的李白，身佩长剑，行遍中国。他屈从于美酒的诱惑，蔑视荣誉和权贵，敢于轻视妃子和太监。然而，当他吟唱诗句的时候，他仿佛变成了另外一个人。他受到诗的恩宠，词句从他的嘴里流出，让每个字都有了新的含义。他被一种强大的气息所带动，让他看到了世界的另一边，让他猜出存在的秘密含义。他最美的作品之一《蜀道难》可能是那个时代最具代表性的诗篇，是那个时代最有力的表达，诗中的意象代表了那个时代：

　　噫吁嚱，

危乎高哉!
蜀道之难,
难于上青天!
蚕丛及鱼凫,
开国何茫然!
尔来四万八千岁,
不与秦塞通人烟。
西当太白有鸟道,
可以横绝峨眉巅。
地崩山摧壮士死,
然后天梯石栈相钩连。
上有六龙回日之高标,
下有冲波逆折之回川。
黄鹤之飞尚不得过,
猿猱欲度愁攀援。
青泥何盘盘,
百步九折萦岩峦。
扪参历井仰胁息,
以手抚膺坐长叹。
问君西游何时还?
畏途巉岩不可攀。

但见悲鸟号古木，

雄飞雌从绕林间。

又闻子规啼夜月，

愁空山。

蜀道之难，

难于上青天，

使人听此凋朱颜！

……

在另一首诗中，李白发出了他的痛苦和希望的呐喊：

行路难，行路难，

多歧路，今安在？

长风破浪会有时，

直挂云帆济沧海！

当仿佛没有了前路的时候，李白会感到自己与世界融为一体，甚至到了世界之外，可以去猜想未知：

《山中问答》

问余何意栖碧山，

笑而不答心自闲。
桃花流水窅然去，
别有天地非人间。

杜甫是歌咏大自然的诗人，人的生活不能离开大自然。大自然可以让被历史蹂躏的人感到宽慰。也许，仅仅说什么东方的智慧是不够的，因为那样就削弱了他的力量。公元760年，他在成都避难时——当时内战还没有结束——他写下了一首对大自然的热爱的颂歌。春天的雨滴，就像是滋润人心、灌溉灵魂的美妙的诗。通过一系列美妙的隐喻，树叶和连翘属植物的彩虹色，成了生命展示力量的象征。

《春夜喜雨》，无疑是唐代最著名的诗篇之一，一代又一代的孩子会在学校里念诵：

好雨知时节，
当春乃发生。
随风潜入夜，
润物细无声。
野径云俱黑，
江船火独明。
晓看红湿处，

花重锦官城。

当他谈及雨水,想到的是这种温柔而仁慈的降雨,它浇灌了大自然,并给农民带来希望。虽然有战争在乡村肆虐,并在农民的心中播下恐惧,但诗人的心中充满了大自然的力量,那是一种永不说谎的力量,一种无穷无尽的力量。

自然的平静是长期的,强大的。

独自一人,光
在波浪上,在永恒清澈的天空的海洋上
雨,秋日的天空
一条折断的项链,每颗珍珠都是一面镜子
天空是完美的镜面
珍珠从钟漏的盆中掉落
每一滴露水是一小片时间,
将时光折叠后 填满花蕊之杯

诗人张若虚(660—720)的诗篇回应着永恒。人们在大地上生活,但他们面对的是永恒,因为明月夜夜照耀着他们。那是一种经典之美,一条宁静的大河在月光下流动,诗人简单而自然地把眼前的景色排列开来，一一陈述：春，江，花，月，夜。

> ……
> 江天一色无纤尘，
> 皎皎空中孤月轮。
> 江畔何人初见月？
> 江月何年初照人？
> 人生代代无穷已，
> 江月年年望相似。
> 不知江月待何人，
> 但见长江送流水。
> ……

李商隐

李商隐(813—858)无疑标志着唐朝音乐的最后和弦。在他那里，大自然的美是唤起人们记忆的秘密启示。植物、岩石、湖泊和河流是这一旋律的代名词。在中国历史上，大自然的每一个元素，都有其意义。

他用几行诗句，就以一个刚刚意识到自己命运的年轻女孩的形象，追溯了自己的故事：

八岁偷照镜，
长眉已能画。
十岁去踏青，
芙蓉作裙衩。

十二学弹筝，

　　　　银甲不曾卸。

　　十四藏六亲，

　　　　悬知犹未嫁。

　　十五泣春风，

　　　　背面秋千下。

（《无题》）

　　陪伴诗人的华丽琴瑟，在演奏它的女人逝去之后依然存在，就像是太久的记忆。中国人的始祖之一伏羲，曾因其曲调太过悲伤，摔了素女弹奏的五十根弦的瑟（后来，这件乐器只剩下了二十五根弦）。庄子的蝴蝶激发了他一个著名的问题——究竟是蝴蝶梦见了庄子，还是庄子梦见了蝴蝶？——扑朔迷离般地质疑存在的现实，并将各种形式的生活结合在一起。望帝以善良而闻名，然而被指责为通奸，惭而亡故，其魂化作杜鹃，鸣声甚哀。大海以珍珠的形式隐藏着人鱼的眼泪，而蓝田山[①]让它的玉矿在冉冉升起的太阳下冒烟。紫玉对韩重的爱，被吴王所禁。含恨自尽的她，其灵魂在山间的烟中重现……

[①] "蓝田山在长安县东南三十里。"《李商隐选集》，周振甫注，上海古籍出版社。——编者注

李商隐晦涩的诗，混合了传奇、真实和幻想，糅合了眼前所见之物和心中纯粹的想象之物。他的艺术巧妙地将传奇的线索与现实的肌理融合在了一起：

锦瑟无端五十弦，
一弦一柱思华年。
庄生晓梦迷蝴蝶，
望帝春心托杜鹃。
沧海月明珠有泪，
蓝田日暖玉生烟。
此情可待成追忆？
只是当时已惘然。

大 自 然

　　唐代诗人对大自然的爱可以说到了无以复加的程度。正如一些批评家指出的，唐朝诗人们确立了一个原则，必须使用隐喻，来表达情感与激情。春、云、山、林、河流、月亮和星星的存在，只是为了记录内心的动静、迷恋、狂热和绝望。这一点，原本可能造成一种矫饰的风格主义——当时也确实有一些诗人没有能够摆脱矫饰——然而，这种规则反而造就了最伟大的杰作。严格的诗律和含蓄的情感，创造出了一种罕见的优雅。这样一种优雅之前从未存在过，以后也不复存在。在其他一些时代，在其他一些国家和地区，大自然也为诗人们提供了最好的题材，比如，英国和德国的浪漫主义（法国的浪漫主义在这一点上稍逊一筹）大量运用了流星和四季，山脉的美景，以及广阔的海洋，来表达他们不安宁的灵魂，他们的焦虑或创造性的愤怒。

在西班牙人入侵之前的墨西哥的阿兹特克人的诗歌,将大自然中生命的力量与人类情感的脆弱联系在了一起。比如下面几行墨西哥人类学博物馆内镌刻在石上的诗句:

我听到一首歌,

我看到一朵花,

啊,愿它们永不褪色!

在唐朝诗人那里,大自然更加亲密,更加真实。诗人们并不利用大自然,而是被大自然所驱动。我们甚至可以说,正是充满美感和奥秘的世界,创造出了人的情感。

人痴迷于他周边的世界。这个自然而神秘的世界,有时仿佛是神仙的世界和超自然世界的一个映射,仿佛没有谜底的谜……诗人们处于这两个世界的门槛上,他们试着去理解。不是要去享受它,而是要去获得显明的启示——达到沉默。

让我们再次聆听李白:

《独坐敬亭山》

众鸟高飞尽,

孤云独去闲。

相看两不厌，

只有敬亭山。

这首绝句是唐诗中最神秘的诗句之一，是打开这个时代中国文学的钥匙。它说出了人的知识与人的无知，写出了静穆，以及一种日常的痴迷与沉醉。看着山，直至与它融化为一体，失去人的身份界限——很久以后，在接受了爱默生和梭罗的启示之后，一位美国诗人，环境主义者奥尔多·利奥波德[①]在他的《沙郡日记》中写下了类似的诗句：

思，

如一座山。

难道这不是人需要做的？

在人生中，至少一次，有那么一天，坐到一块岩石上，面对一座山。

任何一座山

[①] 奥尔多·利奥波德（Aldo Leopold, 1887—1948），美国享有国际声望的科学家和环境保护主义者。同时还是敏锐的思想家，造诣颇深的文学家。代表作有自然随笔和哲学论文集《沙郡日记》（一译《沙乡年鉴》），为土地伦理学的开山之作。

> 一座高大的雪山
>
> 或者从天空
>
> 从云层下的城市建筑中冒出来的
>
> 圆形山峰
>
> 静静注视
>
> 感受，体验，呼吸，整个人成为一道目光
>
> 目光往返
>
> 与山成为一体
>
> 爱山……
>
> 不再仅仅存在于身体中，
>
> 而是与自己分离，与山一体
>
> 被崇敬而又显露的，静止的山峰

李白无疑是最好地表达了人与自然结合的诗人。在他身上，有一种强烈的气息，一种本能的力量，就像道家所感受到的那种沉醉。这无法解释，不能分析。它们不是隐喻、寓言、神话的再现。那是存在于他身上的声音。有时候，在醉酒的状态下，这声音就成为一种召唤，一声呐喊。对他而言，古典诗律的镣铐——内在韵律，节奏，著名的"平仄"——也成了对灵感的支撑。还有对词语的选择，它们在诗句中的位置，这种古代中国文言文的句法才能带来的捷径：

没有人称，没有时态，没有定冠词。在他的某些诗中，他非常接近道教所基于的萨满教遗产，一种万物有灵论。地球上和天空中的各种精灵，有时会介入人类的行为，并通过他们的嘴说话。

《夜宿山寺》

危楼高百尺，
手可摘星辰。
不敢高声语，
恐惊天上人。

有谁能比李白更好地表达这种双重的感觉，这种属于两个世界的感觉：这个世界，以及他离开了的那个世界，当下，过去，就像一道无可争辩的灵光？

《静夜思》

床前明月光，
疑是地上霜。
举头望明月，
低头思故乡。

即使当他在孤独的道路上冒险前行，只有一把长剑护身的情况下，李白也知道，他眼前的艰难，远比土匪的伏击或野蛮人的箭更要严重。

在他的长诗《蜀道难》中，他惊呼：

嗟尔远道之人胡为乎来哉！
剑阁峥嵘而崔嵬，
一夫当关，万夫莫开。
所守或匪亲，化为狼与豺。
朝避猛虎，夕避长蛇；
磨牙吮血，杀人如麻。
……

王　维

既然我们谈到了自然，那么我们又怎能不在这里提到王维？虽然从年龄上讲，他应该排在前面。

王维，公元 699 年出生于山西，是唐朝主要诗人之一。他出身于一个贵族家庭，据说他的父亲精通音律。他很早就被艺术吸引，并表现出对文学和绘画的极高品位。他也遭遇了安史之乱。唐玄宗逃离长安前往四川避难时，王维被俘，与家人分开。据说，为了拒绝叛乱分子的招募，他服用了药，伪装成哑巴，但终究未能逃脱。战争结束后，他被释放，因为一首效忠玄宗的诗而得以逃过惩罚，并在朝中获得了一个职位。在他的作品中贯穿的，是他对佛教的笃信。他最美的诗大都是一些超越时间之外的绝句，它们都是美丽的永恒瞬间，也是与世界和谐相处的时刻。

> 荆溪白石出,
>
> 天寒红叶稀。
>
> 山路元无雨,
>
> 空翠湿人衣。
>
> (《山中》)

或者这一首:

> 轻阴阁小雨,
>
> 深院昼慵开。
>
> 坐看苍苔色,
>
> 欲上人衣来。
>
> (《书事》)

奇妙的音符,一如禅宗的淡淡光芒。

云　雨

远在一切避难所之外　无垠的世界

静止　观看

直到色彩与你的衣衫成为一体

其他人也许也会沉思

然而，是从都市中观看，

唯有云通向山丘的路

白色的石子

寒冷的天空

红色的树叶

通往天空的路上

没有雨丝

湿漉漉的衣服

沉浸在绿色之中

天空的绝对

统一的灵魂

穿刺　色彩　形状

画笔在纸上画出的字

人的历程

变化

成为另一个

不再分割

这里　那边，

天与地

绿色，直至浸淫了灵与肉

绿色，湿透了衣衫

如空气　如雨

在大自然的孤独中，有诗人的呢喃，琴瑟的声音。月亮是唯一的见证者：

独坐幽篁里，

弹琴复长啸。

深林人不知，

明月来相照。

（《竹里馆》）

李白的几行诗几乎是对王维这首诗的直接呼应：

对酒不觉暝，

落花盈我衣。

醉起步溪月，

鸟还人亦稀。

（《自遣》）

棘路何時霸狡林興未惺孤雲封石戶松口嚶關闢鳥導斜陽痕巖壁立客還莫將塵市意答空山

己酉秋日寫作謂書舍東園生

[清]华嵒（1682—1756），《山水册页》（十三），31.4 x 44.7 cm
华盛顿弗利尔美术馆（美）

［元］钱选（1239—1299），《杨贵妃上马图》（局部），29.5 x 117 cm
华盛顿弗利尔美术馆（美）

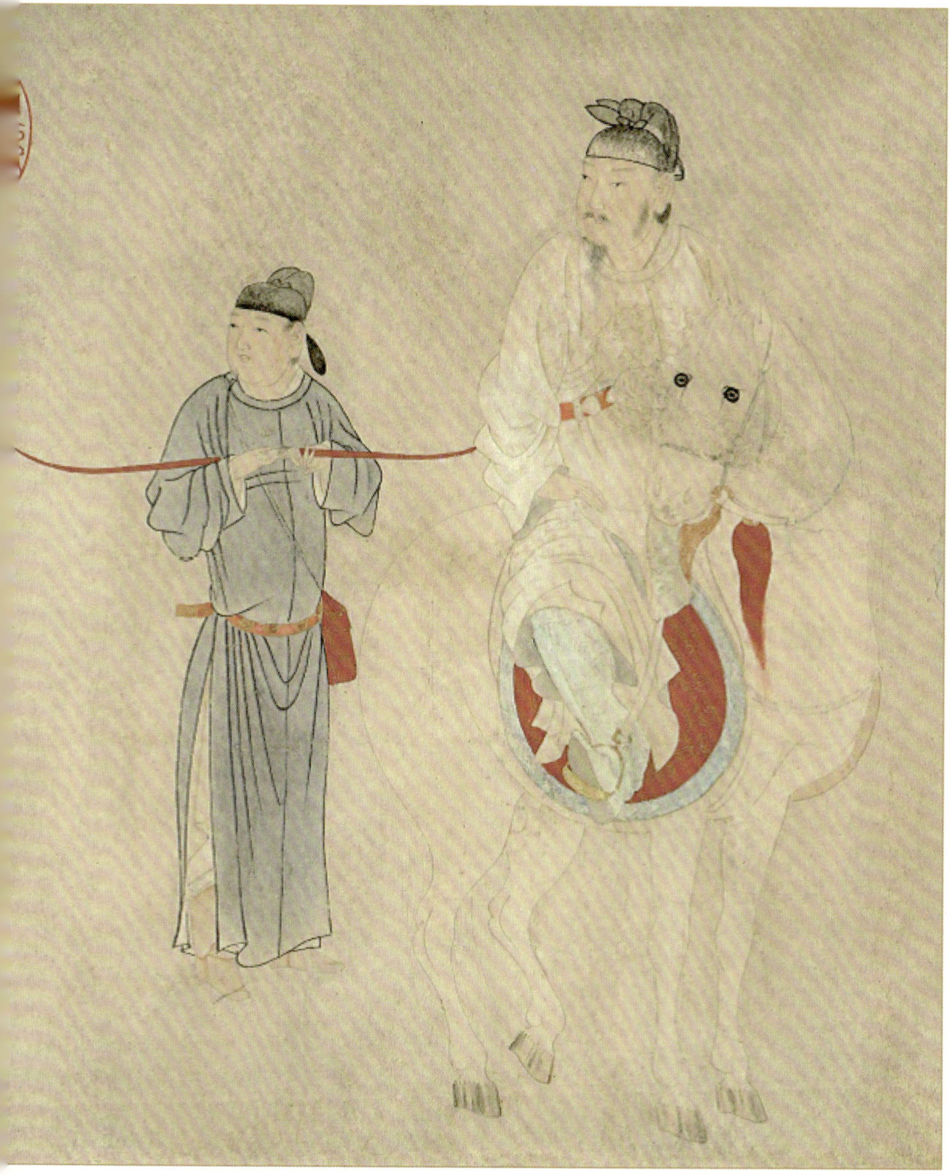

董强，王维《山中》

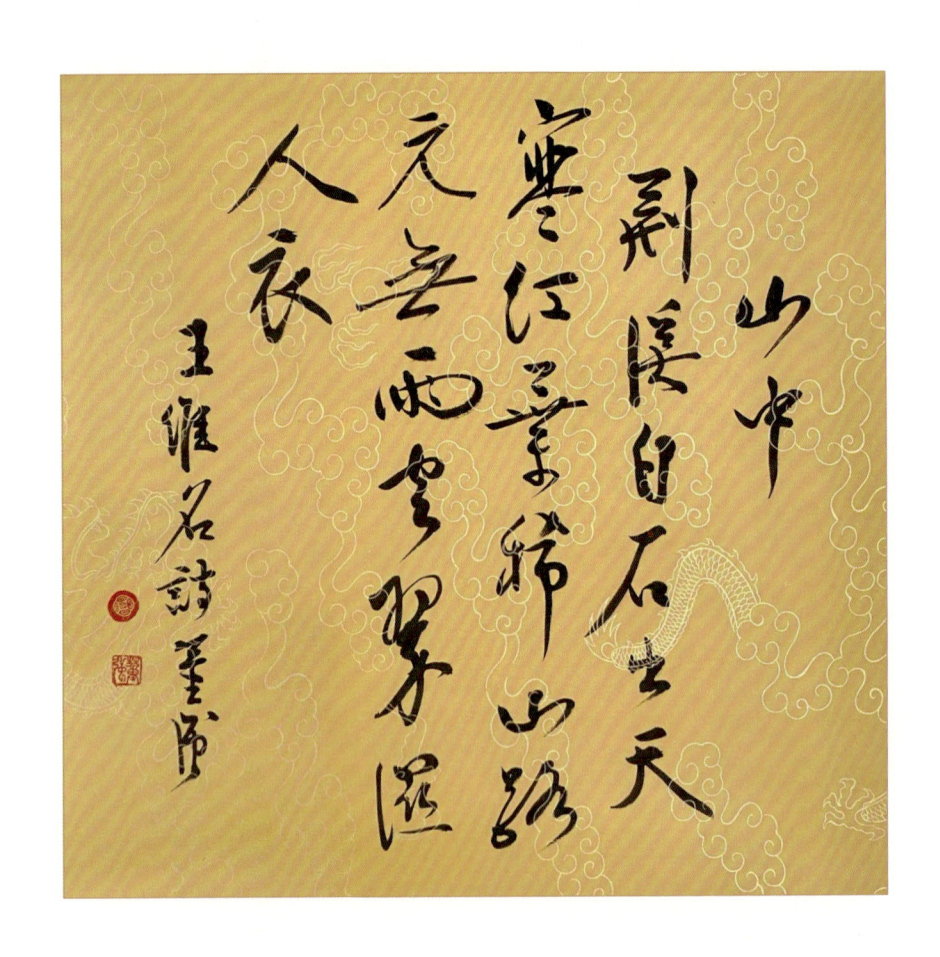

杜甫晚年那种幻灭后的感觉，也与两人相似：

《旅夜书怀》

细草微风岸，
危樯独夜舟。
星垂平野阔，
月涌大江流。
名岂文章著，
官应老病休。
飘飘何所似，
天地一沙鸥。

轻巧，优雅。
就像是一堂佛教的课。完满的教益，是无法传授的。

艺术，美，生活

在唐诗的艺术源头，总有鲜活的灵感。诗人们深知这一点。他们也知道，灵感不能强求，而是需要带着最高的警觉。假如说，到处存在暴力和背叛，那么，成为一个诗人，就意味着忠诚。不一定是忠诚于朝廷，也不一定是忠诚于宗教信仰，而是忠诚于自我。这也是诗歌受到如此尊重的原因，因为它超越了社会的简单法则，甚至超越王权，确立起了语言的准则。

儒家在这一方面的影响是显而易见的。孔子不是说过：名不正则言不顺，言不顺则事不成。(《论语·子路》)

唐诗中诗律的力量，以及对诗歌完美的追求，是令人着迷的。古希腊（荷马，赫西奥德）或古罗马（奥维德、贺拉斯）诗歌的结构也很严谨,并建立了规则,即气息的"中性",长音节和短音节需要交替出现。但它们没有达到像唐朝诗人所表达的那样,以完美的形式为终极追求的地步。王维、李白、杜甫、李商隐的短诗中都体现出这一倾向。每首诗(四行,八行)都作为一个问题提出,交给读者,问题的解决方案是需要去探寻的。诗的意义是不完全按照顺序的,它可以颠倒、分割,或重新调整。只有中国的文言文写作,才允许这样的自由。每个汉字符号,都可以与另一个汉字符号相互关联,要么以线性渐进的方式,要么在一种静止并置的状态中完全自足。

让我们谈谈美。在唐诗中,阅读(或接受)是即时的,就像一幅画的线条和色彩。一幅画不会讲述一个故事(或者它讲的故事并不是人们所期待的)。绘画是进入新世界的入口,在这个世界中,受邀者将不得不失去所有的方位感。大多数唐诗也是如此。走近唐诗,我们就站在了一个门槛之上,我们位于迈过的瞬间。情感、潮流、变形,都在门槛的那一边等着我们。当李白邀请我们与他在蜀道上同行的时候,当张若虚在满月的光辉下接待我们走进大江大河的壮丽景象时——或者,当杜甫陈述春夜的"喜雨"对成都整座城市进行完美的滋润的时候——我们必须了解,我们是应邀参加了一个神奇的仪式。我们将在这个启蒙之旅中,撇下我们的狭隘世界和日常琐事(我这样说,并不指这是一种仪规——或者,假如算是一种仪规的话，那是指一种秘密的行为，要求我们奉献出爱和馈赠）。同样，那些既残忍又动人的女子肖像，也并非简单的人物肖像。它们从属于神秘的创造，并且在大多数情况下，上升为伟大的寓言或传奇人物。当白居易提到"上阳白发人"因为杨贵妃的嫉妒而造成的终身痛苦时，当他描述同一个杨贵妃在皇帝自己军队的压力下被迫牺牲而惨死的时候，他并不是在创作小说或戏剧。通过对一些关键点的陈述，以及对帝王的懊悔的讲述，他构建起一个真正的传奇，将永远保留在人们的记忆中。

让我们谈谈时代。

在我们这个文化趋同的世纪里，我们都被可憎的好莱坞概念所制约。这是非常可惜的。它让我们习惯于剧情的所谓 plot，也就是情节。我们不再期待，艺术会教我们变得更好，或者让艺术来质疑我们，而是指望艺术能够吸引我们的注意力，让我们喘不过气来，停不下来，就像看"惊悚片"一样。事实上，人们希望作品能让人消遣、开心、度过一会儿快乐的时光。而唐诗则不同。唐诗也有情节，但那不是意义层面上的，而是手法上的。诗人通过这样一种手法，运用言语、声音、图像等，构成一个谜，并邀请我们去解开它。这或许是唐朝在甄选人才的时候，需要考核人们是否理解诗歌的原因之一。这与伏尔泰在《查第格》这个寓言中的滑稽故事完全不同。

在伏尔泰讽刺的笔下，君王从跳舞跳得最好的人当中选择他的财务大臣……也跟我们的那些名校在考核人才时的竞争精神不同。这些名校考试的最后一关，要求申请人根据随机选择的主题（例如环法自行车赛）即兴撰写出一份稿子。

能够理解和评论一首《诗经》中的诗（以孔子之前的古代汉语撰写），那就意味着，候选人既具有直觉，又具有文学素养。这种情况如今已不复存在——对于法语国家的人，最后一位接近于类似的全才的人，也许是诗人兼国家元首莱奥波德·桑戈尔①。

再来谈谈生活。

唐朝这种雄心勃勃、生机盎然、富有创造力的诗歌的素材，就是现实。当诗人运用自然元素创作时，他们并不使用"图像"或"符号"，更不用说沿用"陈词滥调"了。他们创作出音乐、歌曲和神秘，一种将世界的显明启示传递给人们的神秘。对他们来说，现实并不意味着冤冤相报，也不隐藏任何真理。大自然（在我们这个充斥了游乐园和野生动物保护区的时代，大自然这个词已经被误导了）比我们想象的更聪明，更富有想象力，更为强大。唐朝诗人并没有发

---

① 莱奥波德·桑戈尔（Léopold Sédar Senghor, 1906—2001），塞内加尔诗人、政治家，曾任塞内加尔总统。被公认为20世纪非洲最重要的知识分子之一。1983年当选为法兰西学院院士，成为该学院首位非洲院士。1985年获意大利诺尼诺国际文学奖。

明有关大自然的隐喻，而是从道教、佛教等宗教信仰的悠久历史中继承下来。对他们来说，生活是一个连贯的整体，我们必须尝试去形容它的和谐之音，或者被战争破坏了平衡之后的刺耳声音。人的生活并不受人类王国的支配。人必须与其他王国——动物，植物，水，地球，石头，云，雾，星辰——进行互动。

这种世界与人的默契，全世界的诗歌都会有所追求，甚至真的就感受到了。比方说，在威廉·布莱克神秘的《虎》之中：

老虎！老虎！在黑夜的
森林中如燃烧般闪亮；
什么样不朽的手或眼睛
能塑造你这身可怕的匀称？

或者，爱伦·坡在他类似歌谣的诗作中：

许多许多年以前，
在海边的一个王国里，
有一位少女住在那里，
你可能认识她：安娜贝尔·李。

波德莱尔在他的一些散文诗中（如《外乡人》）。或者，更接近我们一些，也更接近唐代精神的亨利·米修：

露露，

露露，

在短暂瞬间的后视镜中

露露，你没看到我吗？

露露，你曾如此相信

永远在一起的命运

现在呢？

谁又能比杜甫在这首《孤雁》中说得更好？

谁怜一片影，

相失万重云。

天 之 涯

诗人李商隐——他是唯一一位足够大胆,在一首诗中婉转讲述了寿王的痛苦的诗人。因为寿王被他的父亲剥夺了自己心爱的女人杨贵妃(实际上算是一种乱伦)——以一首带有令人难以忘怀的凄美的绝句,预示了那个时代的终结:

《天涯》

春日在天涯,
天涯日又斜。
莺啼如有泪,
为湿最高花。

随着帝国的缓慢毁灭,唐朝的衰落不仅仅是一个时代的消失,而是一种完整的生活艺术，一种高雅，一种坚定的真理，随着历史的乱局而消亡了。将有其他的诗人和词人出现，其中包括伟大的苏轼（1037—1101），他们将接过结构严谨、内容博学、韵律美妙的律诗的火炬。但是，总会缺了什么：有些东西再也回不来了，因为那属于奇迹的范畴。

奇迹——就像是伯里克利时代的希腊哲学，或者英国的伊丽莎白时代的戏剧——来自一种民权与语言的契合与互动。唐朝的那些皇帝，以越来越快的速度继承皇位——只有玄宗在位长达四十年以上（712—756），是统治时间最长的。他们所象征的，是一种极其强大的权力，建立在大批行政官员的智慧和才能之上。在唐朝的统治下，正如在之前的秦朝和汉朝的统治之下，至高无上的权力与人民是非常遥远的，就好比有星际空间将他们隔开。但是，这个等级高度分明的社会基于这样一个信念，这也将成为中国所有权力的关键：假如皇帝履行职责失败——事实上，他们都失败了——那就可以取代他。这样一个理念，解释了中国权力的长寿。在这个极其开化、时常不乏粗暴和独裁的文明中，西方意义上的革命并不存在。在汉语中，其类似的含义非常简单：改朝换代。

唐朝社会的另一优势，也恰恰是使它著名的原因。那就是说，领导者、大臣、太监或垂帘听政的皇后，说到底在历史上都属于偶然现象。真正恒定的，乃是自从文明肇始以来——早在孔子、老子、庄子之前——中国人对文学一直保持的热情崇拜。而且，作为一种自然的回馈，诗人们面对怀有爱、同情和激情的人，也充满了同样的爱、同情和激情。当然，同样还有民众对这些诗句的创造者的热爱，因为后者知道如何替他们讲述自己的困难、希望和生活。

但是我们也不应该将这个朝代理想化。这个朝代也充斥了内讧和战争。我们现在很难想象，如此规模的战争，在那个遥远的时代意味着什么：相互对峙的军队——特别是在"安史之乱"时期——拥有庞大数目的部队，包括几十万名士兵。恺撒的大军征服高卢时的军队，相比而言，就是小分队而已了。在唐朝的西部边界，每次叛乱，都会牵涉大量的民众。这些军队都由为皇帝服务的人来装备、组织和提供粮食。一些唐朝的诗人也会牵涉其中，例如杜甫或李商隐。为了维持这股军事力量，必须采取掠夺的手段，而且，为了弥补人员的伤亡损失，必须不断对农民进行强行的征兵工作。这也意味着长期的饥荒状态，有时甚至是大批平民的死亡，其结果就是区域性的不安全，农村地区四处有逃兵，山里有盗匪。

也许，正是这种反差，是最为迷人的。唐朝诗人一方面在宫廷内创作出最精致、典雅的绝句，去颂扬皇帝身边的爱，歌颂友情或虔诚的奉献；另一方面，他们的生存和家庭都得不到保障。他们被流放，被诅咒，冒着生命的危险。他们总在行进和迁移中。有些人，例如李白或杜牧，从追求感官享受或陶醉中、从浪迹天涯中汲取灵感。而杜甫和王维等其他人则命运多舛，并通过诗句哀叹自己的放逐与流亡。但是，在这种无家可归的流浪状态中，他们每个人都找到了一种前无古人、后无来者的自由。这种自由，是唐代中国的维度，它是一个从东到西如此庞大的帝国的同义词，甚至几乎是整个世界的同义词。

唐朝作家的灵感，来自他们的好奇心。可以肯定的是，在李白、杜甫或白居易等人身上，有一种身属有史以来最伟大的帝国之一的意识。其他统治时期，在他们之前，也覆盖了广袤的疆域，如亚历山大大帝，曾统治了占整个世界四分之一的地区，从希腊一直到印度。蛮族人以匈奴的名义入侵西方，使阿提拉[①]统治了一个庞大的帝国（从平方公里的角度来算，是有史以来最大的帝国之一）。但是，这些庞大的帝国没有留下多少书面记录，除了一些有关他们统治者的荣耀的编年史。

相反，唐朝的统治，首先是文学的统治。李白、杜甫、杜牧或白居易之所以踏上冒险之旅，当然一部分是因为他们被荣耀的欲望所吸引，但也因为他们有着突破知识极限的内在需求。他们不是19世纪的欧洲意义上的"发现者"或者"旅行者"，吸引他们的，是对世界上存在的一切的重新认知，仿佛再无边界一般。现实的可能性似乎是无限的。当李白写出落到山间溪流中的桃花瓣会流到"别

---

① 阿提拉（Attila，约406—453），古代匈奴人的领袖和帝王，被欧洲人称为"上帝之鞭"。448—450年，匈奴帝国在阿提拉的带领下，版图达到了盛极的地步。公元453年阿提拉去世之后，他的帝国迅速瓦解。

有洞天"的居所的时候，他所说的，确实是"另一个世界"，就像是神仙的居所，同凡人居住的世界毫无相同之处。他之所以时常抬头仰望月亮，并确认它在天空中应该出现的位置出现，那是因为，多亏了这月亮，无论他身在何处，他都会感觉到自己身处世界的中心。而且，当他在那首著名的绝句中，表达他在几乎可以触摸星星的高度上不敢大声说话，因为害怕惊醒"天上人"的时候，那实际上是因为他对无限之中存在着的生灵真的感到亲切和熟悉。正如贺知章所写，他本人不就是一个"谪仙"吗？

启发这个时代的诗歌的，还有另外一种无限，那就是艺术的无限。我们已经读到了许多精彩的证据。在唐朝诗人那里，有一种根深蒂固的信念——应该与道教具有预言性的思想有关——那就是，在有些时刻，借助于灵感，借助于酒，甚至是通过在大自然中人的孤独感，人可以成为超人，并与萦绕、渗透万物的各种精灵和生灵进行交流。

我们不能将其称为神秘主义：那样的话，就是试图被神秘化了。

这也许是唐诗承载的最深刻的启示，它引导我们去分享创造的奥秘。这个战争、杀戮和掠夺的时代，多亏了诗人与作家，变成了一个绝对的时代，艺术成了走向完美的唯一途径。唐朝诗人同时也是书法家，形式的创造者。有时，哲学的气息会穿过他们，揭示存在的秘密，以及现实中的狂醉。当唐诗之路终结，中国的思想成功地与道的光辉相融合，在那里，知识可以在没有教导的情况下获得，真理自我显现出来，无须证明，无须努力。李白、杜甫、王维、李商隐和张若虚等人为唐朝政权倒台和叛乱灾难之后接替它的宋朝，做好了铺垫。

诗人、画家苏轼，更多以苏东坡之名而广为人知。他生于1037年，法国诗人克洛德·罗瓦亲切地称他为"来自千禧年的朋友"。他接过了唐朝人创作的火炬，并致力于通过开悟的佛教——禅宗——去找到真理。

在一首词中，苏东坡以高明的文学手法，表达出他的忧思，就像是挥之不去的回忆。带有暴力的过去好像复活了，同时又有着对未来的期盼。这一切，都通过一只仿佛迷路了的鸟来表现，它在一个不确定的河岸边，立足、栖息：

《卜算子·黄州定慧院寓居作》

　　缺月挂疏桐，

　　漏断人初静。

　　谁见幽人独往来？

　　缥缈孤鸿影。

　　惊起却回头，

　　有恨无人省。

　　拣尽寒枝不肯栖，

寂寞沙洲冷。

　　唐朝诗人所追求的完美形式的工作，业已终结。上一代过度的形式主义，让位于一种更加简单、更为直接的话语，更接近于散文和故事。宋代文学是对唐朝诗人所发明的人文主义的直接继承，同时继承了他们快乐的启蒙和独立的精神。

　　在一首著名的诗中，李白以他特有的潇洒和清醒，在风中发出了他最后的呐喊：

　　大道如青天，
　　我独不得出！

镜·塘

近年来，时有法国友人造访我在北京的寓所。若阳光明媚，忽生逸兴，我会带他们观赏一些好去处。这对于帮助他们了解中国至关重要。我尤其钟情的地方，是北海公园尽头的一片建筑，它的名字极富诗意：镜清斋。

这个地方自然而然让我联想到法国最著名的景观之一，凡尔赛宫的镜厅。

"比较不等于理性"，法国著名汉学家蒲艾田如是说。但是，如果将镜清斋与凡尔赛的镜厅进行简单的比较，就会显示出中法这两种相互吸引和欣赏的文化之间的一些本质差别。镜厅是由太阳王路易十四建造的极尽奢华的场所，贵族名媛们在镜中眼花缭乱，或多或少地自恋，而镜清斋则静静倒映出天空，以及天空中飘过的云，因为这里所谓"镜"，指的就是带有清澈水域的小池塘，周边是小桥和凉亭。有了如镜的池塘，中国人成功地在园林的地面上雕刻出一片天空。

在与勒克莱齐奥一同徜徉了"唐诗之路"之后，我想再在这条路边，开出一些小小的池塘。一些如镜的池塘。

池　塘

公元 422 年，谢氏家族的一位杰出成员谢灵运——李白的遗体最初被葬在谢氏的家族墓地——被派往永嘉，去做太守。作为伟大的谢安的直系后裔，他本人又在十八岁时就被封爵，谢灵运面对这样一个职位，真有被贬的感觉，心情非常糟糕。他一到永嘉就病倒了，在床上一躺就将近一年。

423 年初的一天，春气萌动。刚刚康复的谢灵运登上自己家中的一个亭子。从那里，他远眺永嘉山水。在亭子旁，在他身处的花园中，有一个池塘，垂柳环绕。他诗兴大发，其中有这么两句：

　　池塘生春草，
　　园柳变鸣禽。

这两句诗是那么的自然，仿佛毫不费力，像流水，像春天的苏醒。像春天回归的鸟，又像是地上萌生的青草。

这两句诗将刺激整个中国古代。一代一代的诗人，梦想着能够像他一样轻松自如地写作。虽然，谢灵运远远称不上是中国诗词的起源，但可以毫不夸张地说，谢灵运眼前所见到并出现在了他诗中的池塘，构成了中国诗词的源泉之一。

确实，谢灵运这两句诗是至关重要的。诗似乎已经存在于大自然中的某个地方，存在于诗人出现之前，存在于诗人的眼前：诗人只需重新发现它。重新发现诗句，就像恢复健康一样。就像在放逐之后，在经受了不平的遭遇之后，又找回了现实生活。诗人突然忘却了政治生涯的变幻无常，忘却了来自生活于其中的社会的世故与敌意。就在这一刻，谢灵运预言了勒克莱齐奥与我在本书中谈及的几乎所有诗人的创作。

历史记载没有说，是不是这两句诗彻底治愈了谢灵运。可以肯定的是，自此之后，他时常离开自己的居所，与朋友们在永嘉秀丽的山水中流连，甚至到了连续几个月不理政务的地步。由此诞生了一种颇具影响力的诗歌体裁："山水诗"。同样，类似的一种画类，也将成为中国古代绘画最重要的分支：山水画。

大约一个世纪后，钟嵘写出了诗学的重要著作《诗品》，并试图定义谢灵运这种高妙的诗歌创作方式。他提出了"直寻"一词。这与现代柏格森的"直觉"概念相近又不相同。

何谓"直寻"？当你创作一首诗的时候，你不参考历史或传说，也不使用修辞或任何其他刻意的手段，而是直接借助于自己眼前所见，那么你就开始了"直寻"。诗人看到了，并说了出来。就这么简单。谢灵运看到春天的草在池塘附近生长，在花园的柳树上看到了与去年不一样的鸟。大自然在写诗，诗通过诗人的嘴，直接说了出来。于是，这些诗是至美而无与伦比的。

因此，以下一些诗句都是至美而无与伦比的。曹植："高台多悲风"；陶潜："微雨从东来"；张华："清晨登陇首"；徐干："思君如流水"。或者回到谢灵运："明月照积雪"。李白是伟大的继承人，他梦想与谢灵运或他的侄子谢朓一样生活。他充分发挥这种诗歌创作的"方法"。"明月出天山"，"床前明月光"，这些简单、直接的诗句，将使他获得最负盛名的赞美。"清水出芙蓉"，将成为诗文的最高境界。

还有王维："独坐幽篁里，弹琴复长啸。深林人不见，明月来相照"，或白居易："离离原上草，一岁一枯荣。野火烧不尽，春风吹又生。"这样的例子，不胜枚举。也就是说，所有的伟大诗人都有这样的佳句。

这片池塘将在十三世纪的朱熹那里，产生最强的回应。面对他家附近的池塘，他写道："半亩方塘一鉴开，天光云影共徘徊。问渠那得清如许，为有源头活水来。"

池塘变成了"鉴",也就是镜子。有了源头之水,诗歌之大河就可以一直流淌……

"直寻"这种朴实无华的"创作方法"得到了最高的赞誉,但也招来严厉的批评。显然,有人不赞成这种简单性。对一些批评家来说,这样的诗,太简单,太平淡了,甚至可以说:这称得上是诗吗?于是,中国诗词,尤其在国外,就被贴上了"平淡"的标签。

事实证明,翻译会凸显出这种平淡。这也是为什么中国诗歌长期不被西方以其真实价值来欣赏的原因之一。西方文学传统偏爱趣味和神秘。尽管有汉学家们做出了持续的努力,但外国读者还是大都无法进入中国诗词的世界。

然而,无论人们如何诋毁,随着时间的流逝,这种简单性、"平淡"最后终将获胜。在当今中国,我们看到人们对古代诗词的兴趣得到了真正的复兴,因为,在这种表面的简单性中,蕴含着难以置信的丰富的表达方式。而在现当代文学中,很少能遇上这样的简单、平淡。中国的孩子们很快就学会古诗词,并轻松地背诵那些朗朗上口的诗句。我们知道,诗歌从一开始,从其本质上讲,就是与记忆紧密相关的。早期诗歌的所有韵律和手段,归根到底,都是为了便于记忆。当一首诗达到"直寻"的简单性时,它甚至可以不借助于韵律而存在。它直接就构成"图像"。直接、生动的图像,即时、新鲜的意象。例如,当我们教给孩子们这两句诗时:"谁知盘中餐,粒粒皆辛苦"(李绅),他们几乎再没有忘记它们的可能……

事实上，即便在西方，人们也并非对"平淡"的品质无动于衷。法国哲学家、汉学家弗朗索瓦·朱利安写下了研究中国古代美学的专著《平淡颂》，高度赞扬了这种"平淡之味"，强调它所蕴含的隽永之味。耐人寻味的是，朱利安对"平淡之味"的理解，并非完全来自中国美学。早在上世纪六十年代，著名的日内瓦批评学派代表之一让－皮埃尔·里夏尔[①]就在对魏尔伦的深入研究中，发现了"平淡之味"是魏尔伦诗歌最重要的品质，虽然他赋予这个概念的意义，与中国美学有不同之处。

当我们看到，中国早年的象征主义诗人们是如何地迷恋魏尔伦以及其他一些重要的法国诗人，我们发现，其实在中法的诗歌之间，存在一些隐秘但共同的路径，值得我们去探索。

同时，仅从简单、直接、平淡的方面去看中国诗歌，显然是大大简化了。实际上，唐朝的诗人也是最伟大的修辞家和规则的制定者。李白给人以写诗轻松随性的印象，那是因为他不属于我们所处的凡世，而是"谪仙"；然而，杜甫同样伟大，或者更伟大。他在诗歌中通过近乎苦行的努力，达到了同样的高度。他出了名的瘦弱，稀疏的头发（"白头搔更短"），通过遵守最严格的规则，苦吟出最

[①] 让－皮埃尔·里夏尔（Jean-Pierre Richard，1922—2019），法国著名现代文学批评家，在分析著名象征主义诗人魏尔伦的时候，提出"平淡之味"的诗学概念，启发汉学家朱利安写出了关于中国美学的专著《平淡颂》。

完美的诗句。在他的一生中，他都试图创作出具有李白诗一样纯净而质朴的珍品。因此，他对李白一直抱有真切的钦佩之情，尽管两人之间实际上没有太多相似之处，除了如勒克莱齐奥所感受到的那种对诗歌创作同样的激情。

正是到了唐初，汉语充分展示出其丰富性和潜力。唐朝的诗人们促使它达到了一种表现上的充盈，使汉语得以跨越十几个世纪，拥有真正的长寿，也就是说直到今天。

在《诗经》中，以及在汉代发展壮大的文学著作（赋）中，汉语已经通过四字的诗文，达到音乐上的和谐。对偶的句子，呈现良好的形式上的平衡。到了五世纪，谢灵运等一代诗人，开始"偏爱奇数"——假如我们借用魏尔伦著名的说法（"相对于偶数，要偏爱奇数"，《诗艺》）。五个字的诗句将占主导地位。这可以用梵文的影响来解释。最早的印度佛经传入中国，让中国人更加了解自己语言的轻重音之分。但这也因为中文是单音节的。假如始终采用四个字，它就无法产生真正具有表现力的音乐性，以不同的轻重音和语调演绎出真正丰富的语义。

到了唐朝，七字的形式得到了广泛的发展，尽管七字诗的最早形式可以追溯到公元 2 世纪。尤其在杜甫的努力下，至高无上的形式"七律"，即八行诗句，每行七个字，真正成熟，并影响整个中国，直至现代。在红军长征期间，毛泽东仍然写着这种形式的诗，这些诗也帮助形成了一个具有超凡魅力的领袖的光环。

越来越脱离音乐伴奏的诗歌，建立起了音乐性的内部规则，主要是基于强音和弱音的交替。因此，平仄系统在律诗中非常重要。只要是古典诗的创作，就意味着对规则的尊重。在古代中国，诗歌一直都是文人墨客的专利，因为他们掌握着这些规则。在诗行中将轻音和重音的交替，与语义的平行对仗结合起来，构成了中国古典诗歌的基本形式。假如在此之上，还能够做到起码在第二和第四行押韵，那么，恭喜您，您可以尝试用中文写古典诗了！鉴于汉字的多义性以及句法的灵活性，这种形式代表着巨大的潜力。它代代相传，带有极大的自由性。

王之涣的诗《登鹳雀楼》："白日依山尽，黄河入海流。欲穷千里目，更上一层楼。"或者杜甫的《江南逢李龟年》："岐王宅里寻常见，崔九堂前几度闻。正是江南好风景，落花时节又逢君。"都带有某种"平淡"的味道，却都是中国最著名的诗歌之一。它们最能体现语义层面的对仗，在前两行诗句中尤为明显。王之涣诗中的第一行由形容词、名词、动词、名词、动词组成。第二行完全一致。西方现代语言学家们会在诗句中列出一些"范式"。在这些"范式"框中，我们可以看到"白"对"黄"，"日"对"河"，"依"对"入"，"山"对"海"，"尽"对"流"。在杜甫的诗中，是一样的情形："岐王"对"崔九"，"住所（宅）"对"客厅（堂）"，"内在（里）"对"前方（前）"，"时常（寻常）"对"多少（几度）"，"看见（见）"与"听见（闻）"，等等，这在中国都是人人皆知的基本规则，也带来了中国古典诗难以形容的均衡之美。而平仄的运用，则给诗歌带来了极强的节律和音乐性。

唐朝以后的诗人将尝试通过发展新的形式"词"，来扩大诗歌的疆域。但是，这两种形式将共存，因为律诗符合汉语的深刻本质，并激发人们的想象力和思维。非常重要的是，即使在今天，仍然有无数中国人通过这种诗体表达自己。在重要的文学奖中，我们还可以看到"旧体诗"的类别，而在今天的欧美，很难想象有人依然用亚历山大体写作，或者写十四行诗，更无法想象这样的诗人还能得什么诗歌奖。

除了表面上的平淡和严格的规则之外，中国古典诗的另一个难点是符号化的系统。中国古代诗歌是一个巨大的隐喻和符号系统，含蓄、委婉，欲言又止，出现大量的借用、用典等。读者需要具备起码的知识，才能解码这个复杂的世界。假设一名译者在翻译的时候，事先就为读者"解码"，那就好比是在咀嚼了美食之后进行喂食，那么，一首诗就真的会给人留下淡而无味、味同嚼蜡的印象。相反，假设译者保留了所有这些秘密的标志、深奥的符号和难解的密码，那么，这首诗就有可能被困在强大的封闭系统之中，很难引起外国读者的共鸣。这里涉及的，也许是中国文化的基本难题。某种东西似乎表明，尽管中国文化具有明显的丰富性，尽管它具有无数令人信服的兴趣点，但它似乎始终与西方人所谓的"普遍性"相去甚远。

勒克莱齐奥与我，在这本小书中致力呈现的，就是唐诗的普遍性。我们引用了大量的例子来说明这一点，也尽了一切努力使诗句在法文版中容易读懂。我们很难保证，这些诗就完全没有了晦涩难解的地方，但是，我们相信，如果与我们同走这条"唐诗之路"，人们会发现，我们与唐朝诗人真的很近。

更何况，重要的不是去指出唐诗的"现代性"，而是要显示其永恒性或超越时间性。唐诗是永恒的。这也许才是它的真正力量：它肯定比我们现代人还要活得更长久。

镜　子

在某些伟大的法国作家和诗人中，我们也可以看到这种永恒。虽然说，波德莱尔的名字在我们谈论中国诗歌时，经常因其著名的"应和"概念而被提及，但是，如果我们深入波德莱尔的诗歌世界，就会很快意识到，波德莱尔与古代中国人相去甚远。也许正是因为，波德莱尔的特点是"现代"。

比方说，将波德莱尔和李白这两个都擅长写酒的诗人的作品进行比较，会很有意思。我们会看到一面非常有趣的镜子：《酒魂》的作者不一定能在《将进酒》的作者身上认出自己。

如果撇开李白与波德莱尔喝的肯定不是同一种酒这样一个没有太多比较意义的元素，波德莱尔在面对酒的时候，更多是把它当作一种社会问题的解毒剂，时代的兴奋剂。酒在西方的基督教含义，太强烈了。虽然波德莱尔一直是叛逆者，但他在去世时，接受了基督教的仪式。有人说那是他母亲的意愿，但是，波德莱尔那时虽然得了失语症，意识却是清醒的，他不会完全接受一个自己从心底里抵触与拒绝的仪式。同样，即便在"善之花"与"恶之花"之间，他从一开始就选择了后者，在上帝与撒旦之间，他选择了撒旦，他所参照的体系，依然是基督教文化传统的体系。面对他敏感地感受到的现代，波德莱尔的姿态更多是本雅明所说的"游手好闲者"，对于酒，正如他后来在《人工天堂》中对待鸦片，他是带着一种观察者、体验者的身份去介入的，始终保持一种清醒，并如实验一般，将酒用在其他人的身上。这与李白借助酒直抒胸臆，是有极大区别的。我会另辟专门的章节，仔细考察这一点。

神奇的是，在另一位浪漫主义者热拉尔·德·奈瓦尔[①]的身上，我倒是发现了中国唐朝诗人最有意思的回声。在所有法国作家中，奈瓦尔也许是对时间的周期性最为敏感的人。奈瓦尔对"所有时代"都有特别敏锐的认识，这使他成为同时代最为永恒的作家。这种永恒性，使他得以在 20 世纪初复活。这要部分归功于普鲁斯特这位

[①] 热拉尔·德·奈瓦尔（Gérard de Nerval，1808—1855），19 世纪法国著名诗人、文学家、翻译家。著有《火的女儿》《奇幻诗集》等。对 20 世纪影响极大。

伟大的时间魔法师。从那时起,他就一直在扩大他对二十世纪一些最杰出人士的影响。在他的《奇幻诗集》一些最为神秘的诗中,他非常接近李商隐,尤其是李商隐那些晦涩的作品。而在他那些清晰明澈的诗句中,他有一种同样的"平淡之味",也就是中国诗人的品质。例如,著名的诗作《幻想》:

> 我愿用所有的莫扎特、韦伯、罗西尼
> 去换取一支古老的曲调,
> 非常古老,慵懒而悲伤,
> 唯独对于我有隐秘的魅力。
>
> 每当我听到这古老的曲调,
> 我的灵魂会年轻两百年,
> 回到路易十三时。眼前会出现
> 一片绿色山坡,落日晒得金黄。
>
> 接着是一座砖砌的城堡,石头镶边,
> 还有一块块映红的彩绘玻璃。
> 巨大的花园围绕着它,一条河
> 在它脚边流淌,穿过鲜花丛。

接着是一位女子，在高高的窗边，
金黄头发黑眼睛，身着古代服饰，
啊，也许是在我的前世
见过……此时又记起了她！

诗中，诗人通过"非常古老的曲调"，使自己直接"年轻了""两百年"。假如我们把法语语法所必需的虚词元素放到括弧中，我们会看到一首纯粹的唐诗。只需要将"路易十三"换成"玄宗"，"城堡"换成"宫殿"，"绿坡"换成"草地"，以及"高窗"换成"高阁"……假设这位迷恋东方的诗人没有患上精神病，并因此而早早离开人间，我相信，他会成为最早进入中国古诗词世界的人之一，而且，这位伟大的翻译家——我们不要忘记，他也是有史以来最伟大的翻译家之一，在十九岁时就翻译了歌德的《浮士德》，而且是法语中最好的译本——如果翻译唐诗，其成就应当会远远超过德理文侯爵和朱迪特·戈蒂耶……

这是中法两国文化的迷人之处。无论是在历史上，现在，还是将来，总存在着一些意想不到的联系，一些可能性，一些共同的关注，让我们可以高举这一神奇的诗歌镜子。

在同一面镜子中，我见到了勒克莱齐奥的身影。

几年前，在北京大学组织的一次会议上，我与勒克莱齐奥重逢。

他早已获得了诺贝尔奖。他再次告诉我他对中国诗词的热爱。于是我们开始了美丽的约定。由我组织安排,带他一起去拜访了杜甫的故居。在他看来,杜甫与李白是唐代最伟大的中国诗人。

一进入杜甫草堂,他就急切地问迎接我们的杜甫草堂博物馆的刘洪馆长:

"那口井还在吗?"

刘馆长大为惊讶:什么井?

通过英语翻译的片段,我从勒克莱齐奥的嘴里听到了《见萤火》这首美丽无比的诗。之前我从未听说过这首诗,这让我感到非常羞愧,虽然杜甫的诗有上千首,我不可能全部知道。

整个杜甫草堂顿时变得明亮起来。我不仅看到了井,而且这座茅屋的屋顶,也突然有了新的含义,因为顺着屋顶的边缘,我仿佛看到了当年映照杜甫草堂的那几颗"星星"……

当晚,我彻夜未眠。我在酒店的信纸上,抄下了这首充满观察力和人情味的小诗。

也是在那天晚上,我想到了另一首诗,李白的,也是勒克莱齐奥向我提起过的,当时就得到了我的附和,因为那也是我最喜欢的诗之一:《独坐敬亭山》。他在本书前言中专门提到了这首诗。

杜甫和李白,一个理性现实,另一个异想天开,一个节制,另

[明]樊圻(1616—1694),《山水册页》(三),16.8 x 20.3 cm
纽约大都会艺术博物馆(美)

［明］张宏（1577—1652），《函关紫气图》（局部），27.3 x 441.3 cm
纽约大都会艺术博物馆（美）

[明]杜堇(活跃于15、16世纪),《陪月闲行图轴》(局部),156.5 x 72.4 cm 克利夫兰艺术博物馆(美)

[明末清初] 王时敏（1592—1680），《杜甫诗意图册》（九），39 x 25.5 cm
北京故宫博物院

一个嗜酒。传统和现代不同派别的批评家们,把这两位诗人说成是诗歌的两极,好像他们代表了两种完全相反的倾向。但是,真正的鉴赏家们并没有看错:他们两人互相注视,彼此欣赏,就像是敬亭山与注视着它的人,双方持久相看而不厌。

因为诗人与其身处的世界之间这种不断的互动和交往,是杜甫与李白的共同点。所有中国诗人都在人与自然之间这种从不间断、有时是无声的对话中找到自己。

刘馆长回答勒克莱齐奥:"井还在那里。但是萤火虫已经很久不光顾了,因为在我们这座城市,现在工业化的程度很高了。"

"萤火虫快回来,快回来吧……"这位伟大的法国作家、中国文化的朋友喃喃地说。

我望着他。年届八十的他,依然如青松一样挺拔。

阁　楼

我已不记得最早是什么时候,勒克莱齐奥告诉我他喜爱唐诗。我知道的是,我们的第一次见面是在整整三十年前。那时我独自一人,迷失在巴黎。作为中国留学生,我住在巴黎拉丁区的一个小阁楼上(法国人称之为仆人间)。有一天,途经首都的勒克莱齐奥在阅读了我斗胆寄给伽利玛出版社的一部法文小说手稿后,在出版社旁边的一家咖啡馆里约我会面。

当时的勒克莱齐奥，已是声名显赫的大作家，在我们学习的当代文学史中占有不可或缺的位置。法国最权威的《阅读》杂志，向读者发放调查问卷，让他们评出"在世最伟大的法语作家"，勒克莱齐奥排名第一。我怎么也想不到，我这个类似塞在瓶子里往大海抛去的手稿，能为我引来一位如此知名的大作家。后来才知道，他同时是伽利玛出版社的出版委员会的成员，在读了我的手稿后，有意促使它发表，却遭到其他委员的反对，最终没有成功。他想见我一面。

坦率地说，这次会面本身让我感到的兴奋，使我已经不记得勒克莱齐奥具体说了些什么。但我记得他对老舍的钦佩。他还刚刚为法语版的《四世同堂》写了序。也许，他当时就说了他对中国古诗词也情有独钟。

记得在咖啡馆与他聊完之后，我回到栖身的阁楼。刚走到门口，就遇上了女房东。她完全是出于礼节，问我最近怎么样。我回答说很好，还刚跟作家勒克莱齐奥在咖啡馆见了一面。她的惊讶神态，我至今还有印象："勒克莱齐奥？那可是个大作家、大名人，我们只能在电视上见到他！"

从此之后，我与勒克莱齐奥保持了长期的通信联系。1995年，我将张承志的《黑骏马》和《错开的花》翻译成法语，在我协助创办的"中国蓝"出版社出版，随后被收入了袖珍丛书。我将新书寄给他，他很快给我回信。1997年，我答辩关于亨利·米修的博士论文，获得博士学位，写信把消息告诉了他，他很激动地回复我，讲述他早年的故事。年轻的他也想写亨利·米修的论文，收集了很多资料，然而，有一次在旅行途中，他的旅行箱被偷了，里面有他关于米修的所有资料和笔记。于是，他不得不放弃了原来的想法。后来他去了墨西哥，并答辩了有关阿兹特克文明的论文，以该论文为基础的著作在伽利玛出版社以《墨西哥之梦》为题发表。这本书对于理解他为什么喜爱唐诗也非常重要。作为对西方现代文明表示叛逆的作家，勒克莱齐奥一生寻找欧洲文明之外的古老文明。中华文明、墨西哥文明都是他从内心深处向往、钟情已久的文明。

同是1997年，我在法国发表双语诗集《另一只手》，收录了我在法国期间创作的中、法文诗，其中的中文诗全部是古体诗，我自己将它们都翻译成了法语，而法语诗全部是现代诗，没有中文版本。《另一只手》这个题目，源自我当时读到的翻译成法语的俄罗斯女诗人茨维塔耶娃的诗句：

在一只想象的手中
握住另一只手的想象。

这句诗太吻合我当时的创作初衷了。

这部诗集，我郑重地寄给了勒克莱齐奥。我忐忑不安地等待他的评价，因为虽然在此之前，我已从中文到法语翻译过作品，也在法国的文学杂志上发表了不少文章，甚至用法语撰写了几百页的博士论文，但是，作为自己完整的法语作品，那是第一部。

他的回信让我欣慰。而且，就在收到回信不久，在最意想不到的情形下，我与他在由一条条小街构成迷宫的巴黎六区的中心位置不期而遇。尽管已经有了相互之间的通信，我对他的印象，还主要建立在法国媒体对他的介绍上。这是一位矜持、寡言的作家，远离巴黎浮华的文学圈，面对法国当时最重要的电视主持人贝尔纳·皮沃，他与另一位大作家、后来也得了诺贝尔文学奖的莫迪亚诺一样，不善言辞，浑身传递着一种宁静和内敛。我小心翼翼地邀请他到我的寓所小坐、喝茶。毕竟这只是我们的第二次见面。没想到，他欣然答应。当时的我，住在我的好友、瑟伊出版社的社长弗拉芒夫妇专门为我准备的居所里。作为回报，我将自己的一部分书法作品和艺术收藏赠给了他们。

我沏了一壶茶，我们开始海阔天空地闲聊。没有想到，这位在法国最重要的读书节目上都沉默寡言的大作家，跟我没有任何隔阂，仿佛打开了话匣子，一个话题接着一个话题，滔滔不绝。唯一与那些天生健谈的人不同的是，他说话的时候，语调与语速几乎不变，表情也不丰富，只有在觉得幽默、好笑的时候，会露出他经典的笑容。那是成为他标签的独特的笑容，青春、无邪、灿烂，还带有一丝腼腆和羞怯。我相信，法国有大量的读者，就是因为他的这种笑容而成了他的忠实读者。

确实，与大量的"巴黎作家"相比，勒克莱齐奥太与众不同了。很久以后，在他获得了诺贝尔文学奖之后，一些习惯了巴黎时尚文化的中国记者们在采访勒克莱齐奥时，往往手足无措，不知从何入手。我永远不会忘记，一名摄影记者让他摆一个姿势，他说：你就把我当成一条狗……摄影师措手不及，以为翻译翻错了：在中国，谁要是把谁当条狗，那可是莫大的侮辱！眼前这位大作家居然要求把他当成狗……他紧接着说：一条狗是不会摆姿势的。可怜的摄影师，我可以想象他的心理阴影面积有多大……而那些自以为了解法国现代各种文化思潮的记者，在他身上，会彻底"扑空"。因为他们不知道，这位大作家，虽然是法国作家，但一直远离法国，尤其巴黎的文学圈，在法国之外寻找与自己相契合的国度、民族与文明。莫迪亚诺则正好相反，他的世界一直围绕着法国，围绕着巴黎，永远不走出他的"环形大道"。勒克莱齐奥和莫迪亚诺，作为同一国家、同时代的重要作家，能够在相隔六年的近距离时间内，同获诺贝尔奖，让许多人百思不解。其实，他们两个人的世界，正好是相补的，一个主"外"，一个主"内"，成为法国现代文学继存在主义和新小说等文学潮流之后达到的最辉煌文学时代的"双星"。诺贝尔奖的评委们一定是意识到了，但凡你推崇、奖掖这个时代，就不能在这两人之间厚此薄彼，必须同等对待。

也正是在这次称得上促膝长谈的过程中，我们真正成了朋友。

我也确切记得，由于之前把我的诗集寄给了他，我们谈到了中国的古诗，谈到了李白、杜甫。

法国人热爱李白、杜甫者，大有人在。至少在我接触到的人中。而且，法国当时有一位以热爱中国文化出名的总统，雅克·希拉克。希拉克是李白、杜甫的忠实读者。多年以后，我有幸专门为他翻译李白。我参与翻译的《李白诗选》，被作为国礼，赠给了他。那是因为希拉克在再次竞选总统之前，坦言倘若竞选失利，将改行去研究中国文物，成为考古学家，并表达了一个愿望：他要去当导演，拍一部关于李白的电影。后来由于社会党失利，在第一轮败给了极右的勒庞，希拉克意外地得以连任，也使得世界上没能出现一部由法国前总统担任导演的影片：《李白》。

当时给我留下极其深刻印象的是，希拉克总统有一次在电视辩论上，随口引用了杜甫的诗句，来回答一位主持人的问题。我早已记不得具体是杜甫的哪几句诗，但清楚记得听到他解释道：这是一位中国唐朝诗人的诗，他的名字叫杜甫！

因此，勒克莱齐奥跟我谈起唐诗，我当时还没有太多在意，只当成了众多话题中的一个。

真正的友谊，是不怕时间考验的。时光流转，勒克莱齐奥获得诺贝尔奖后的首次来京，是我邀请来的。我邀请他来支持新生的傅雷翻译出版奖。当时的法国驻华大使苏和阁下听说我要邀请勒克莱齐奥的时候，激动万分。这是一个非常有趣的现象：这种惊讶与激动，与当时我的法国女房东听说我跟他见了面时，几乎一模一样。这也可以看出勒克莱齐奥在法国的名望和为人，他一直独往独来，既不轻易取悦大众，也不结交上层，保持了高度的独立性。这是他的人格魅力所在。

在此之后，他来中国的机会多了。南京大学甚至直接聘请了他，每年在那里教学三个月。来了中国之后，我与他的见面次数自然增多了，但我也尽量不打搅他。我所宽慰的是，在当今中国，一位诺奖得主，身边总是不缺人陪伴的。时不时，我会听到有关他的消息，他参加哪个活动，与谁对话，等等。有一天，我赴南京看望他，甚至坐在第一排，跟学生们一样，听了他讲的一堂课。他的课准备得非常认真。那次造访，让我深深意识到，他虽身处中国，却仿佛被封闭在了一个蚕茧之中，既深入不了周边的生活，也无法真正感受他心中所向往的那个高山大川的、伟大的古代诗人们的中国。这对于一位如此热爱中国文明、一生以"求知"为最重要追求的大作家来说，太可惜了。在闲聊之中，他又一次跟我提起唐诗，说到他在继续读英文翻译的唐诗，也会请一些会法语的师生给他翻译几首唐诗。

我说，等我回去之后，为你准备一份礼物。你把你最喜欢的那些唐诗告诉我，我要用书法小楷写在一本折页上，附上我的翻译。你这位大旅行家，以后走到哪里，都可以拿出来把玩、观赏，细细阅读，就跟中国古代诗人一样。他的脸上再次露出那标志式的灿烂而腼腆的笑容。

接下来有一次见面，是官方性质的。勒克莱齐奥应邀到北大参加一个论坛，校方请我代为赠送礼物。这种情况下，我不可能赠送像写满唐诗的折页那样过于私人的礼物。我特意书写了一幅很大的书法作品，内容是他喜欢的李白诗句：

　　危楼高百尺
　　手可摘星辰
　　不敢高声语
　　恐惊天上人

那天，他拿着已经裱好的书法卷轴，非常开心。接下来他说的话，更是让我吃了一惊：我们一起写一本关于唐诗的书吧。

我最初的本意，只是让他能够更充分地感受一下唐诗得以诞生的环境。他曾坐船游览了三峡，到达武汉之后，在那里还做过一个讲座，讲述他对《春江花月夜》的理解和感受。然而，他并没有太多机会真正领略中国的山水和风光。自从勒克莱齐奥主动提出要与我合写一本关于唐诗之书，我首先想到的，是要与他在中国一起旅行，带他去与唐诗有关的场所，并在旅途之中，与他交流，渐渐形成一种关于唐诗的共识，找到这本书的最终形式。因为，即便他已经著作等身，我也算出过不少书，但在写作方面，我们并不习惯于合作。如果没有记错的话，他唯一一本与人合作的书，《逐云而居》，是与他夫人热米娅合写的，而且因为涉及的内容，是热米娅所属的北非少数族群的生活，她在书中的贡献是不言而喻的。作家、翻译家往往是一些孤独的人。写作，一直以来，都是孤独的行为。事实上，这次的合作让我对写作本身，都产生了全新的想法。这个时代，早就到了几乎没有工作可以真的在孤独中进行的时候了。一直以来，作为孤独的活动，写作同时又是与人对话、交谈的行为，是最佳的心灵交流手段。然而落实到具体的一本书上，无论是读者还是出版社，都基本停留在对一个作者的认同上，集体创作、对话型的创作，据说在书籍市场上，鲜有获得成功的机会。这是非常悖论性的现象。在这个多媒体、多渠道的交流与通信时代，书籍的这种创作形式显得是那么的格格不入。

于是就出现了前面所述的杜甫草堂之旅。接下来，我还有一个更大的想法，也让勒克莱齐奥心向往之。早在我斗胆寄给伽利玛出版社的小说手稿中，我就写到了江南，写到了那里的湖光山色，写到了江浙一带农村与都市的差别。正是这份如今已经湮没在了旧纸堆里的手稿，成了我与勒克莱齐奥相识的媒介。也许，正是那些描写，吸引了他的注意力。一直以来，每次见面，他都会提及要到我在那个手稿中提及的"风景"中去走一走，但机会一直未能出现，这样的旅行，一直未能真正成行。有一次，我从杭州诗人蔡天新那里得知，浙南地区开发出了一条"唐诗之路"，邀请全国的诗人们去走一走。我的心怦然一动。也许，我可以借此机会，完成勒克莱齐奥要看我写过的"风景"的夙愿，同时将我们合写唐诗之书的想法，加以进一步实施。我把我们的想法托人传给了当地的组织者。令人惋惜的是，这一要求如泥牛入海，没有得到回应。于是，我决定在去年的春天，专门与他同走一趟浙南的"唐诗之路"。

2020年的春天，所有人都知道，这样的旅行，对于任何人来说都不可能了。在疫情肆虐的大环境中，全球都渐渐陷入困境，出行成了奢望。从与勒克莱齐奥的邮件往来中，我看到这位以探索世界、全球旅行而知名的大作家，如困兽一般被迫固定居住在尼斯的家中，不能出门。这是何等的悲哀！同时，我又深知，这是一场涉及全球、全人类的灾难，每个人都深受其害，没有人可以有什么特权比其他人更自怨自艾。我说，唐诗之路今年肯定是走不成了，我们进行心灵之旅吧，也许还是应对疫情的最佳武器。

也许正是在这种情况下，友谊的光芒开始真正闪耀。不久以后，我收到了勒克莱齐奥的一个文本，里面讲述他如何从青年时期就开始接触唐诗，提及了多年来触动他的一些诗人和具体的诗篇。遥远地，他简略而生动地勾勒出了一条历史的、想象的"唐诗之路"，其中不乏令人心动的细节。

看完这个文本时，我心中的激动是难以言表的。原本还纠结于从何入手、纠结于书的形式的我,一下子见到了书的雏形,以及对话、深入的基础。

勒克莱齐奥对于唐诗的兴趣由来已久。由于他是完全双语的作者,阅读的大都是译成英语的唐诗。他阅读那些译文,纯粹是出于个人兴趣,没有特别的系统性。为完成此书,他借助了一些有关唐诗的书籍,如许渊冲翻译的《唐诗三百首》,中英文双语版(北京,中国国际出版公司和中华书局,2011年)。有关杜甫的章节,他借鉴了弗劳伦斯·阿斯克夫夫人的版本(《杜甫:一位中国诗人的自传》,伦敦,乔纳森·开普出版社,1929年),其中收入了由德理文侯爵于1862年翻译的《春夜喜雨》和1867年由朱迪特·戈蒂耶翻译的《羌笛》的译本;有关杜牧的诗,他参阅了安格斯·格雷厄姆的译诗(《晚唐诗选》,伦敦,企鹅经典出版社,1965年);关于白居易,则有亚瑟·韦利的研究(伦敦,2012年);对于李商隐和其他一些唐朝诗人,许渊冲的双语选集《中国古典诗词和歌词集》也帮助了他的理解。有关李商隐,他还参考了刘若愚的《李商隐研究》(芝加哥-伦敦,芝加哥大学出版社,1969年),以及闵德福(John Minford)和刘绍铭的《含英咀华集》第一卷(纽约,哥伦比亚大学出版社,2000年)。班婕妤的诗《怨诗》的最初译本,借助了伯顿·沃森的译本(同上,第958页)。赫伯特·吉尔斯(Herbert Giles)在其《中国文学史》(纽约,恩加尔出版集团,1967年)中对李白的解释,阿瑟·库柏的《李白与杜甫》(伦敦,企鹅书屋,1973年),以及李白的传记(《谪仙》,哈金著,纽约,万神殿出版社,2019年)都给他带来了启发。有三首诗,勒克莱齐奥在南京大学讲学期间直接求助了南京大学一些青年学生和教师的口译和解释(《闺怨》,蒋元秋;《天涯》,张璐;《锦瑟》,施雪莹)。

我们的合作,建立在他对唐诗已有的认识之上。说实在的,如果没有他对唐诗本身已有的理解,我是不敢开始这样一个冒险的。甚至可以说,正是他对唐诗理解的高度、深度和广度让我惊艳,才激发了我,与他一起完成这趟唐诗之旅。

萦绕

法国超现实主义领袖安德烈·布勒东在其名作《娜嘉》中写道,文学与艺术,对于人(无论是创作者还是读者),说到底,是一种"萦绕"关系。有许多人,一度是文艺青年,在一定的时间段里,对文学、艺术如痴如醉,而到了另一时期,就仿佛形同路人。那是因为,那种"萦绕"终止了。在著名的作家中,兰波就是其中最突出的例子。在几年的时间里,他完成了惊世骇俗的创作,颠覆了传统文学,将文学生生地带入了现代,而且不达"现代"死不休。而后,则彻底摒弃文学,仿佛再无关联。当代世界,以各种各样令人眼花缭乱的游戏可能性,令人沉溺于任意一种游戏之中,受其"萦绕",然后,以最迅捷的方式，让人被新的游戏再度"萦绕"，将前面的游戏遗忘殆尽。

所谓永恒，也许就是持久不断的萦绕。

这种持久的萦绕，有时会以"重生"的方式来完成。也就是说，从历史的眼光看，它即便会在一些时代减弱，甚至被其他东西所取代，却总会在其他时代，以一种更为稳健的方式，再次呈现，再次萦绕。让人类长期萦绕的，就成了永恒的经典。

唐诗就是这样的永恒，这样的经典。

古诗词对于人的"萦绕"，到了巴黎一两年之后，我就深深体会到了。起初，生活显得很正常。好奇心驱动着我，每天总有一项甚至几项全新的发现。年轻人永不寂寞，戴望舒所谓"怀乡病"，我一直以为是另一个时代的老皇历。直到有一天（那时已经大约在巴黎两年），我突然发现，在曾被波德莱尔刻意描绘、被本雅明精妙分析的巴黎的"人群"中，我渐渐听到仿佛是中文的声音。就像在电影里一样，四周人声鼎沸，或者身边经过几位闲聊的行人，他们传来的声音，仿佛是中文。然而定睛一看，分明是法国人，外国人，再仔细一听，分明是法语。

这样的情形一直持续，而且越来越严重。我开始意识到，这不是简单的幻听，也许是那著名的"怀乡病"上了身。当时的世界，远没有今天那么联络方便、网络发达。我已经两三年没有见到亲人，唯有一些零零星星的信件维持了与家庭和友人的联系。于是我就更加刻意地在外面行走，直到饥饿。一位挪威作家、诺贝尔奖得主，叫汉姆生，写过一本著名的小说，就叫《饥饿》。书中，一个居住在一座小城镇上的青年文人，生活困窘，靠卖文为生，但寄出的稿子又往往被退回，因此常常身无分文，生活无着落，甚至一连几天吃不上东西，饿着肚子在大街上、在公园里游荡。一个不断行走的人，在饥饿状态下，头脑会越来越清醒，也会出现各种幻觉。事实上，有许多文学作品，都是在不断的行走当中，在作家的脑海里形成的。

每天走着走着，我的脑海中渐渐听到一些明确的词语和片段。那确定是中文，而且节奏越来越分明，五个音节，或者七个音节。有时是唐诗的片段，有了上句，我却无论如何想不起下句，或者有了几句，却无论如何凑不齐整首。那时既没有谷歌，也没有百度，在法国找一本完整的中文诗集，还需要到特殊的图书馆去。于是，每天模糊而坚定的诗歌的"萦绕"，渐渐成为一种常态，真的是挥之不去。

于是，我开始了自我治疗的办法。每当脑海里出现一两句孤立的古诗，而我又不知道它的下文是什么，我就试图自己去补足它。或者，每当出现了强烈的五个字或者七个字的节奏，我就试图用语言去充实这一节奏，为这一节奏"填词"。一旦找到了合适的诗句，这节奏就仿佛得到了舒缓，不再迫切"萦绕"，仿佛一个被化解了的"梦魇"。

用这样一种"方法"写出的诗句,成了我的中法诗集《另一只手》最早的内容。

一日,我的脑海里开始听到白居易的《琵琶行》。只是开头的几句,总是重复出现。我感到焦虑,也深感羞愧,因为这么一首长诗,以前记得的,全是一些碎片,什么"千呼万唤始出来,犹抱琵琶半遮面","同是天涯沦落人,相逢何必曾相识",中间是一片的模糊,甚至空白。连续几天,《琵琶行》的碎片伴随着我,无论是在吃饭的时候,还是在淋浴之下,甚至在与人交谈之时,都会听到其中模糊、凌乱的诗句。这样的状态,几乎令人疯狂。于是有一天,我跑到位于卢森堡公园附近的友丰书店,购买了一本《唐诗三百首》,以及一卷日本的书道纸,又买了简单的笔墨。

在我只有几平方米的阁楼里,摆不下大的书桌,只有一张如小学教室里的课桌那么大小的简陋小桌,所以只能放下日本的书道纸卷。我打开《唐诗三百首》中关于白居易《琵琶行》的几页,开始在书道纸上抄写全诗。

那真是一种奇妙的体验。就像在游泳的时候,水在托着你,浪在推着你一样,每天"萦绕"我的那种节奏在推动我,毫不费力地,一整首《琵琶行》从我的笔端流淌出来,我仿佛只需拉动小桌上的纸,让桌子上不断出现可以继续书写的空白。

一首《琵琶行》,写了一个多小时。我毫不费力。长卷叠在一起,直接堆在地上。写完之后，我再也无法忍受逼仄的空间，跑下楼去，在外面一身轻松地漫步。

第二天我才开始整理，看前一天书写的内容。毫不夸张地说，我丝毫不敢相信眼前的字，是出于自己的手。

这段经历，如今写下来，我已经几乎波澜不惊，因为时间的距离早已让我内心平静。然而，有一点是可以肯定的，在那一段时间里，我是离"缪斯"最近的。也是在同一时期，我做出了与当时跟我一起出国的几位同学完全不同的选择，我要从事文学、艺术方面的工作，而不去转学商校或者其他更实用的学科。也正是这一段时间，让我结识了勒克莱齐奥，同时成了昆德拉的学生。

现在想来，这一段时间，也许是人生的一段"诱饵"，事实上让我走上了一条艰难、崎岖之路；同时，作为"诱饵"，我上钩得是如此地心甘情愿，因为它改变了我的生活和命运，真真切切地让我成为了"自己"。

但愿，自己还能长久地被文学、被艺术所"萦绕"。

诗 酒

作为以葡萄酒自豪的国度，法国作家多歌咏酒。拉伯雷的《巨人传》中，主人公高康大一出娘胎就在喊："喝吧，喝吧，喝吧！"然而，像波德莱尔那样，以"酒"为题，专门在其最著名的诗集《恶

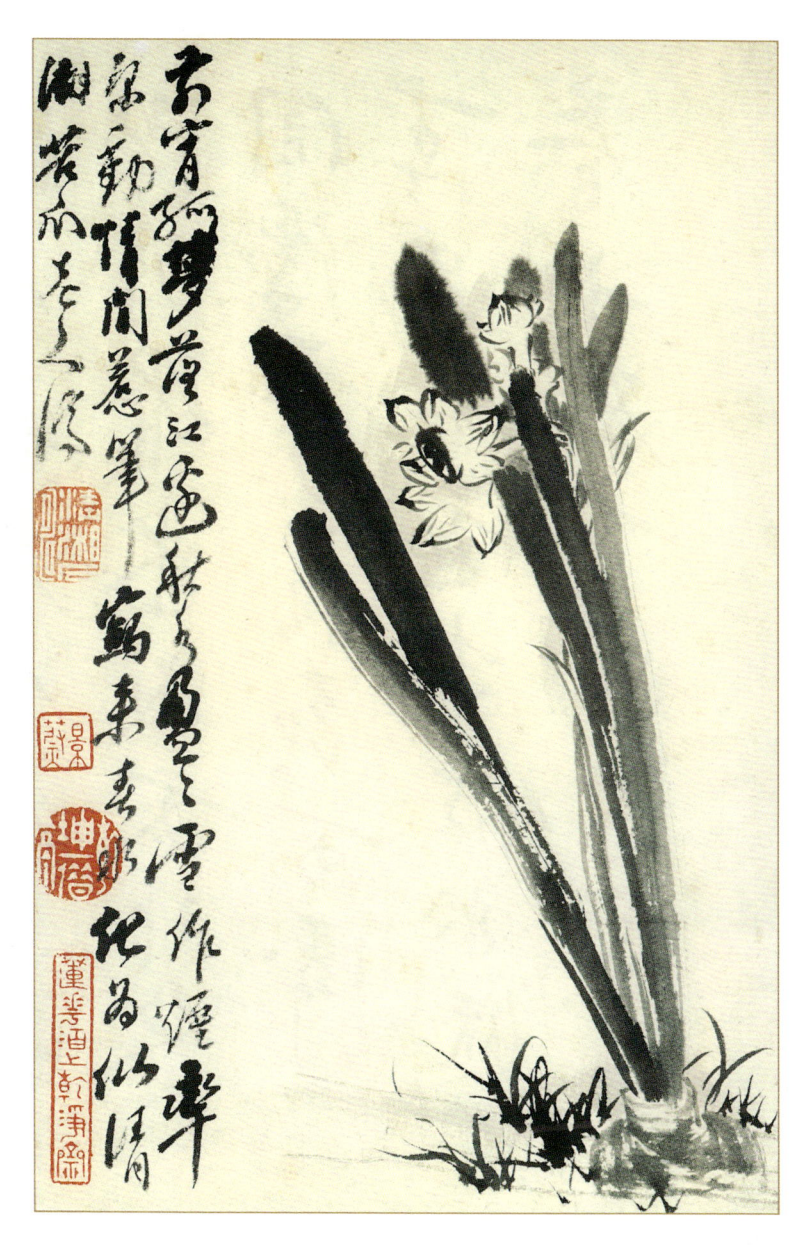

[清]石涛（1642—1708），《花卉册页》（三），31.2 x 20.4 cm
纽约大都会艺术博物馆（美）

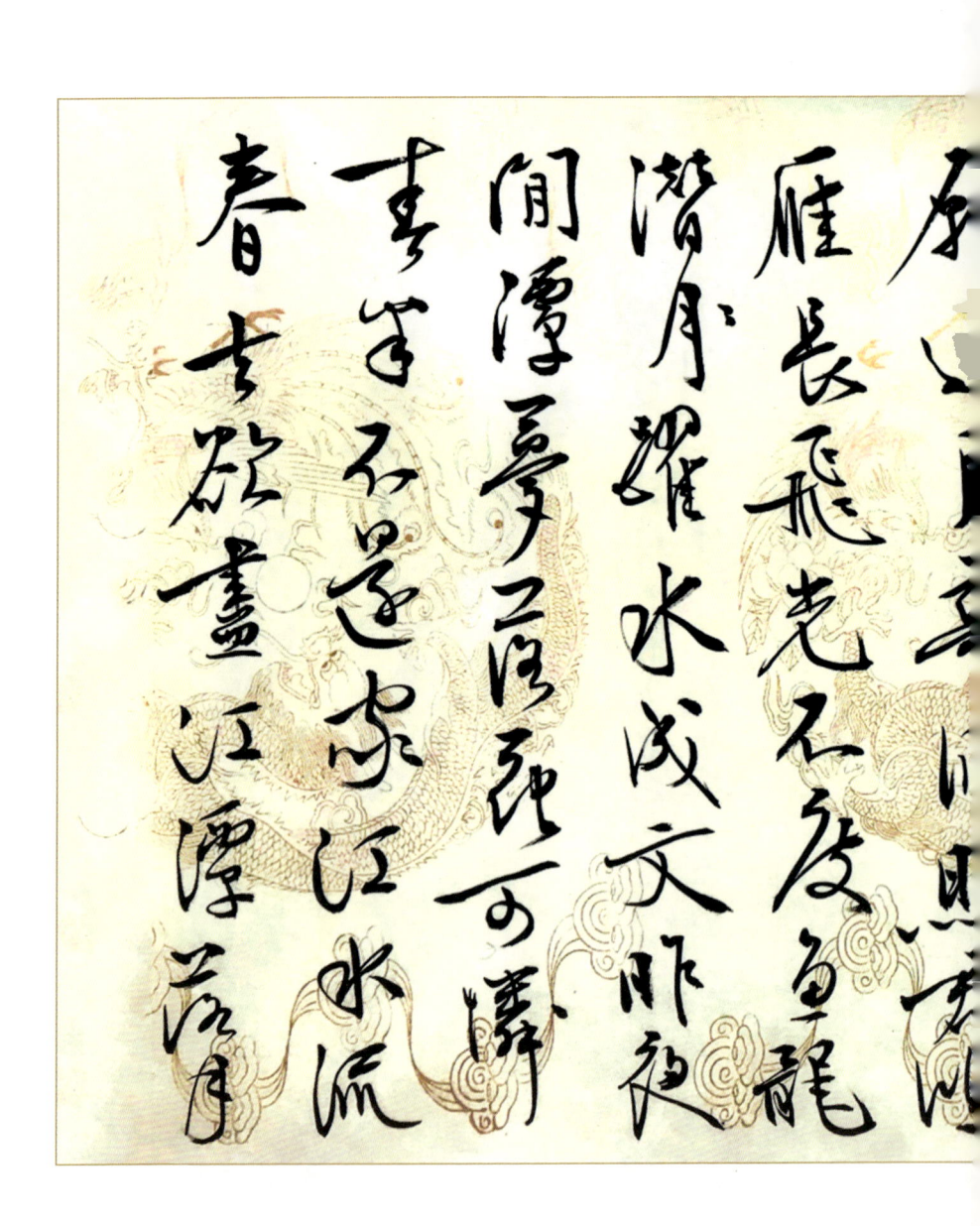

董强，张若虚《春江花月夜》（局部）
许汉卿收藏

夜庙母子何宴相思
明月楼上可憐楼上
月徘徊庭照離人妝
鏡臺玉戸簾中卷
不去擣衣砧上拂還
来此時相望不相聞

[明]沈周（1427—1509），《卧游图》（十六），27.8 x 37.3 cm
北京故宫博物院

[元] 王蒙（1308—1385），《太白山图》（局部），27 x 238 cm
辽宁省博物馆

［清］汪士慎（1686—1759），《山水册页》（二），20.3 x 25.1 cm
纽约大都会艺术博物馆（美）

[清]石涛（1642—1708），《花卉山水册页》（九），27.6 x 21.6 cm
纽约大都会艺术博物馆（美）

[清]高其佩（1660 或 1672—1734），《白鹭》，指画，35,88 x 57.31 cm
堪萨斯城纳尔逊－艾特金斯艺术博物馆（美）

之花》中用五首诗的篇幅去歌咏酒的，却仍为罕见之特例。

在"酒"这一主题之下，波德莱尔以《酒魂》起首。该诗起到了提纲挈领的作用，随后引出《拾破烂者的酒》《凶手的酒》《孤独者的酒》，以及《情侣的酒》。几首主题相近的诗构成一个整体，这让波德莱尔本人也颇为自得，以至于在杂文《酒与大麻》中，将诗的内容扩展，添加了叙述性，自成新体裁，类似我国的"传奇"。

波德莱尔的诗有一个比较流行的版本，是郭宏安先生的。其中最著名的《酒魂》一诗是这样翻译的：

> 一天晚上，酒魂在瓶子里说话：
> 人啊，亲爱的苦人儿，你快听着，
> 我在玻璃牢里、红色的封蜡下，
> 唱一支充满光明和友爱的歌！
> 火热的山丘上，我知道要几多
> 辛劳、汗水和炎炎灼人的阳光，
> 才形成我的生命，把灵魂给我；
> 我不会害人，不会把恩情遗忘。
> 因为我感到巨大的喜悦，当我
> 进入劳累过度的人的喉咙时，
> 他灼热的胸是坟墓，很是暖和，
> 比呆在冰冷的酒窖远为惬意。

你可听见主日歌的迭句响起，
"希望"在我呼呼跳的胸中鸣叫？
胳膊肘支在桌子上，卷起袖子，
你会高声地赞颂我，兴致很高；
我让你欣喜的妻眉眼闪光泽，
我让你儿子有力量，容光焕发，
对于这生存之孱弱的竞技者，
我就是油，让角斗士筋肉发达。
我这植物琼浆在你体内落下，
永远的播种者播下的好种子，
好让诗从我们的爱情中发芽，
如一朵稀世之花向上帝显示！

为了便于用书法书写，我根据原文和郭氏的译文，进行了精简，并译成五言诗：

酒魂瓶中居，入夜忽开言：
为君歌一曲，忧苦自云散。
几多辛劳汗，山丘烈火炎，
赐我灵与魂，大恩铭心间。
一入君喉中，欢呼复雀跃，

胸腹成余冢，殊胜冰冷窖。
如闻主日歌，期许满余怀，
但见君拊掌，赞我温情添：
发妻精神足，幼子力量增，
其虽羸弱身，余能壮其筋。
琼浆入君体，良种待春发，
佳诗因情投，盛开稀世花。

无论是从我的精简版本，还是从宏安先生忠实的译文中，我们都可以看出，波德莱尔对于酒是持非常积极的态度的。

对于极度推崇想象力的波德莱尔来说，酒能带来幻觉，而且与大麻相比，这种幻觉是积极的、动态的，所以是值得推崇的。醉酒之人，在波德莱尔的笔下，"跌跌撞撞，摇头晃脑，像个诗人撞在墙上"（《拾破烂者的酒》）。他做起了弗洛伊德所说的"白日梦"："他发出誓言，口授卓越的法律，／把坏蛋们打翻，把受害者扶起，／他头顶着如华盖高张的苍穹，陶醉在自己美德的光辉之中……"酒具有幻化生活、点石成金的能力，让饮酒之人飘飘然，将日常的劳作遗忘，恍如黄粱一梦。对波德莱尔来说，酒尤其可以予人尊严，保持人的骄傲，所以，他比女子勾魂的目光，赌徒手中的最后一个钱袋，乃至抚慰人的心灵的音乐，都要更有效（《孤独者的酒》）。爱情若有酒相助，可谓如虎添翼，可以让情侣成为空中的天使：他们在醉酒之后，"骑上酒"，像骑上马，"奔向奇妙的、神圣的天上！""在早晨的蓝水晶里，追寻着遥远的蜃楼海市！""肩并着肩游弋，不知疲倦，无休无止，逃向梦想的天堂！"（《情侣的酒》）

作为法国最著名的诗人，波德莱尔自然而然会让我们联想到李白，尤其是当他将醉酒之人与诗人相提并论的时候。波德莱尔与李白的共通之处在于，酒成为逃避恶浊世界的最佳手段。而且，正如欧阳修所说：醉翁之意不在酒，波德莱尔笔下的醉酒之人所寻找的，也不是酒本身，所以，在他笔下，没有对酒的任何物理描写。酒只是一个概念，是"沉醉"的代名词，作为一种媒介，它让人沉浸到波德莱尔所钟爱的"人工天堂"之中。

颇有意趣的是，古希腊一直以酒神与阿波罗神相对立，一沉醉，一理性。而波德莱尔可以说是悖论性地以理性去探讨沉醉，甚至从社会学的角度去关注酒的作用。这在"光明与友爱的歌"，"永远的播种者播下的好种子"等说法中就能看出，而在《拾破烂者的酒》的结尾处，酒更是被称为"太阳的圣子"。这与李白诗中的道家维度相去甚远。同时，在波德莱尔《恶之花》整个阴郁、慵懒的氛围中，酒成为一种光明的代表。

平心而论，整体上讲，涉及探讨酒的深度和广度，以及酒在诗歌与生活中的作用，李白的诗，远胜波德莱尔。中国古代发展起的诗、酒文化，也胜于法国。然而，波德莱尔毕竟是波德莱尔。他奇诡的想象，在《凶手的酒》中表现得淋漓尽致。这是一首任何一位中国古典诗人都不会写出来的诗。诗中讲述一个爱上了一名女子、与之结婚却一直没能得到其真正的爱的饮酒者，趁酒醉的大好时机，杀死了他所爱的妻子。他不但毫无悔意，甚至感到了彻底的解脱，并在狂饮之后，横躺在城市的街道中央，等待被车轮碾过。酒醉的快乐，让他决定将生命抛掉，无论是他妻子的生命，还是自己的生命。

从文学角度来看，波德莱尔为现代打开了极其宽广的道路，影响了大批作家，包括超现实主义作家，而亨利·米修则可视为最直接的继承者，我们很容易在他著名的《羽毛的故事》的开篇，看到《凶手的酒》的痕迹。而米肖对中国诗歌以及中国书法情有独钟，是他独具慧眼，力挺赵无极，让赵无极在西方成为中国水墨的代表起到了重要的作用……

可见，诗、酒、艺术，等等，这些都是东西方文明中的共性的东西，并出现超现实主义者们欣赏的"虹吸现象"，达到真正的交流。

镜　塘

当我看到勒克莱齐奥在他的文字中，给了李白最大的篇幅时，当我甚至感觉到他与李白的隐隐"认同"时，怎能不联想起《大地之歌》？是的，在马勒的《大地之歌》中，李白占据了最重要的位置。由于翻译的几经转手，有的诗构成了真正的"谜"，需要专家们一起"攻关",寻找谜底。有一首,到现在都没有完全认定。

也许是巧合,这首谜一般的诗,德语的题目叫《青春》,中文无论如何也找不到真正的对应,全诗却围绕一个谢灵运从一开始就引入的意象:池塘。而且是如镜子般的池塘。

德语的原文翻译过来,大致是这样的:

白瓷青亭伫立
在秀色池塘中央。

玉带拱桥如虎背,
伸展至白瓷青亭旁。

亭中良友相聚,锦服华装,
肆酒高谈,笔墨激扬。

君子们缎袖高挽,
丝冠轻盈滑落颈上。

池面宁静,倒映出
景物奇趣的镜像——

> 白瓷青亭以尖顶
> 伫立于秀色池塘。
>
> 颠倒的拱桥如一弯明月。
> 良友们肆酒高谈，锦服华装。

相对应的李白原文究竟是什么，专家们众说纷纭。根据北大艺术学院音乐学系毕明辉的梳理，有两种说法比较被认可。一种认为是李白的文章《夏日陪司马武公与群贤宴姑孰亭序》，一种认为是李白著名的《清平调》的题注。这两篇都是文章，却被最早翻译的朱迪特误认为是诗了。然而，如果我们去阅读这两篇文字的内容，就会发现，里面虽然都有池水，都有欢宴，但是，那个最重要、最核心的意象——池面倒映出镜像——在这两篇文字之中，都没有出现。上海音乐学院的钱仁康先生提出该诗其实是李白的一首名为《宴陶家亭子》的诗，由于朱迪特的误读，将陶家误解成了真正的"陶瓷"。

这首《宴陶家亭子》的诗，颇值得我们一读：

> 曲巷幽人宅，高门大士家。
> 池开照胆镜，林吐破颜花。
> 绿水藏春日，青轩秘晚霞。

若闻弦管妙，金谷不能夸。

这首诗的整个氛围，与李白另一首更有名的"序"(《春夜宴从弟桃花园序》）颇为相似，尤其是最后的"若闻弦管妙，金谷不能夸"，然而更重要的，却是那句"池开照胆镜"。镜塘的意象在这里饱满、完足，而"青轩"则成了"青亭"的来源。钱仁康的这一解读，相比于前面的两种解读，并没有更被接受，远没有前两种"正宗"，我也无意在此加入解谜的人群。马勒的创作，作为中外文化史上最重要的交流成果之一，依然保留至少一个谜，其实是一件美妙的事情。整部作品从创作来源，到作品的接受，以及多年之后作品的回归源头，来到中国，等等，都折射出文化交流和中西方相互影响的无穷魅力。

对于一位外国人，当他说热爱中国文学的时候，我们最需要珍视的，是他究竟从哪个角度看的。也就是他欣赏的角度。这是一个非常迷人的问题。我们见到了太多的批评，评论那些汉学家——即便是他们当中最伟大的——是如何误读了中国，包括历史，包括哲学，包括文学。对于中国的政治智慧，更是不得其门而入。诸如此类，不一而足。我们很少去想一点，那就是：其实一个外国人没有任何必要与我们一样"准确解读"我们的文学。更何况"诗无达诂"，国人自己的理解，都千差万别，为何要强求外国人同样的思维？

事实上，外国人在唐诗的路上，已经经过了漫长的历程，对唐诗的理解，也不断拓宽，逐步深入。

当闻一多早在 1926 年评论小畑薫良翻译成英文的李白诗的时候，他已经看到了西方在英文翻译唐诗方面获得的诸多成就。他称小畑薫良为"第四个用自由体译中国诗的人"，并将他排列在韦利和陆威尔之间，比陆威尔"高明得多"，同韦利（他译成"韦雷"）相比则不及，但"超过这位英国人的地方"也不少。

如果我们把视野往前看，德理文侯爵的法语译本，无疑是最早也是最全的之一。然而由于时代的缘故，尤其在人名的拼写上，他与我们相差太大，以至于许多诗歌很难"认宗"，找不到原诗、原作者。他作为汉学家的专业性，在当时也受到了质疑，有人甚至公开告他在汉语方面是"江湖郎中"的水平。然而，想到告他的人是因为竞争不过他，未能得到法兰西公学院的席位，而且最后官司还是德理文侯爵赢了，所以此事的起因未免不是原告的嫉妒。总之，法兰西公学院能够让他接替当时大名鼎鼎的汉学家儒莲，他本人还教出了大名鼎鼎的伯希和，说明他一定有相当的实力。相比之下，朱迪特的《白玉之书》（我们现在一般称为《玉书》）在翻译上显然离原文更远，然而，它所产生的影响，却远远大于德理文侯爵的译本。事实上，如果我们把一种文学的重要性，与它的影响力联系在一起看，那么我们会看到非常有趣的现象，那就是真正对西方文学产生革命性影响的，往往源自一些误读，或者说，源自一些我们自己并没有意识到的价值。

从这一角度来说，程抱一在法国对中国古诗的介绍，以及获得的认可，可以说是天时地利人和，遇上了一个难得的契机。二十世纪七十年代的法国，正处于文学激进的时代，各种革命性的思潮开始大行其道。罗兰·巴特、朱丽娅·克里斯蒂瓦的符号学，雅克·拉康在结构主义精神分析中对语言的绝对推崇，菲利普·索莱斯对毛泽东诗词的兴趣，等等，都让巴黎的先锋派们对中国古代美学趋之若鹜，认为其中蕴藏着西方所没有的创作理念和方法。更何况，在法国二十世纪的文学传统中，已经有克洛岱尔、谢阁兰、圣琼·佩斯、亨利·米修等人开拓的对中国古代文化的向往和理解。中国的相对封闭与隔绝，让在东方语言学院获得教职的程抱一成为诸多先锋派人物得以近水楼台先得月的"汉语老师"。程抱一也确实不负众望，而且他的雄心不限于成为这些人的语言老师，而是要直接运用他们的新理论，对中国古典文学和艺术进行重新解读。1974年，他的《中国诗歌语言》论文答辩，其中运用了大量的符号学方法，并附录了一部中国古诗的选集。我们看到一个颇有意思的现象：事实上，程抱一的《选集》在数量和规模上，与早于他一百多年的德理文侯爵以及朱迪特·戈蒂耶相比，并没有太多的扩充。最大的差别，就是程抱一在导论中，采用了全新的视角。

可以说，程抱一有关中国古典美学的研究，从一开始就具备了两个条件：时代的需求，以及中国人的身份。相比于德理文侯爵和朱迪特，他是正宗的中国人，可信度高；同时，他又遇上了西方比埃兹拉·庞德所处时代还要强烈的"中国期待"。

同时，即便是中国人，身处法国先锋文化氛围之中、运用最新理论研究方法的程抱一所看到的唐诗，也势必带有与国内研究殊异的地方。

因此，西方理解中国古典诗歌，必然带有一些特有的"路径"和阅读的"视窗"。相比之下，刘若愚在美国的工作，是最接近唐诗本身的。他所持的唐诗翻译态度，也最具有操作性和有效性。即便如此，比方说，他对李商隐的理解，也带有很强的与西方诗歌传统相比较的大背景。当他说李商隐的诗带有"巴罗克"的倾向时，他已经在做比较文学的工作了。至于他将李商隐与波德莱尔相比，则再次让人感受到一名研究者所处其中的强大的文化氛围，可以如此影响他的阅读和理解。在法国，继程抱一之后，安德烈·马尔科维奇，法国翻译界的"鬼才"，匪夷所思地在不懂汉语的情况下，以一己之力，通过多种语言的译本的对比和对照（英语、俄语、法语、西班牙语、意大利语，等等），在 2015 年推出了四百余首唐诗的法语译本《中国之影》，引起不小的反响。在他看来，唐诗构成了一片浮动、飘忽的"影子"的陆地，给人带来无穷的想象。同年，外交官、汉学家郁白的《杜甫诗全集》第一卷在法国面世，收入杜甫青少年时期的作品。2018 年，第二卷面世，聚焦"安史之乱"时期。这位在外交领域驰骋多年的高级别外交官热爱中国文化，为让法语读者全面了解杜甫投入了全部的闲暇时间和精力。

勒克莱齐奥作为一位西方现当代文学的代表性人物，作为英语和法语完全双语的重要作家，自然也会受到汉学家们打开的路径和视窗的影响。比方说，他认为中国的每首唐诗都像是一个谜语，直到最后一句，谜底才会揭开。再比方说，他认为由于中文没有西方语言那么强的句法约束，所以很多情况下是意象的纯粹并置，是诸多图像的排列。最典型的例子就是对张若虚的《春江花月夜》的题目的解读，他认为是春、江、花、月、夜这五样元素的并置。事实上，对于大多数以中文为母语的读者来说，这五样东西绝对不是平行的。至少春是修饰江的，是春天的江，而最终的着眼点，是在"夜"上面，尽管在诗中，会先后出现，甚至重复出现与这些元素相关的意象。《春江花月夜》与后来著名的《金瓶梅》不同：金、瓶、梅可以是三个名字的排列。而且，即便如此，在中文中还是会让人产生一个印象，就是金瓶中的梅花。事实上，法语版的《金瓶梅》就是被翻译成了"金瓶中的梅花"。也就是说，只要是语言，其文字的排列顺序必然会因为句法原因而产生新的理解可能性，而非简单的并列。

然而，勒克莱齐奥毕竟是世界级的大作家，而且，他对中国文化的钟情源自青少年时代。他对唐诗的理解，很快就突破了西方传统为他带来的"路径"和"视窗"，这是我与他合作过程中最令我欣慰、愉快的地方，也让我深深感到了这项工作的重要性。我相信，任何一位细心的读者，都会从他真诚、睿智的阅读之中，感受到崭新的唐诗阅读体验。

勒克莱齐奥的高度，在于将唐诗作为一种全人类文学的黄金时代，放置到了世界文学的最高峰。梁宗岱在论及诗歌的时候，引用了歌德，叫"一切的峰顶"，用在这里，非常贴切。在勒克莱齐奥看来，人类最伟大的文学高峰，除了荷马史诗时代之外，在世界的其他地方，有他珍爱的阿兹特克文学，伟大的波斯文学，在西方则有伊丽莎白时期的莎士比亚，以及德国浪漫主义（法国诗歌甚至不在其列，除了几个特例：波德莱尔、米修）等。而在中国，则有唐诗。于是，放眼望去，唐诗是人类文学最高峰之一，而且在时间上，除了荷马之外，远远高于其他几座高峰。

这位像凯鲁亚克一样，一直"在路上"、行遍世界的大作家，愿意登上这"一切的峰顶"，行走在"唐诗之路"上，这是我们时代的幸运。

最后，在本书的中文版面世之际，勒克莱齐奥先生与我要由衷感谢人民文学出版社的三位编辑：欧阳韬、黄凌霞和李俊。本书跨越时空，跨越文化，不是一般意义上的外国文学作品，同时涉及诸多古典诗词与历史的知识。三位编辑精心、细致、严谨的审阅，为本书的"再汉语化"提供了坚实的保障。也期待读者与专家们的批评指正。

董　强